L'AFFAIRE CHARLOTTE ANSLO

CLAIRE DELANNOY

L'AFFAIRE CHARLOTTE ANSLO

roman

ALBIN MICHEL

Nomen est omen
Le nom est un présage
(locution latine)

J'ai rencontré Charlotte Anslo par le plus grand des hasards. Un matin que je me trouvais à mon bureau, me demandant comment faire lire le manuscrit que je venais de terminer, j'admis soudain qu'il me fallait trouver un pseudonyme qui préviendrait toute subjectivité. Et sans y réfléchir je me vis écrire sur la première page le nom de Charlotte Anslo. Par peur de tout retour en arrière je me précipitais pour le donner au service des manuscrits puis j'oubliais le tout.

Quelques jours plus tard je recevais sur mon écran d'ordinateur un rapport de lecture positif concernant une certaine Charlotte Anslo, un rapport d'un enthousiasme imagé qui me fit grand plaisir au point que je voulus savoir qui était cette personne, cherchant fébrilement dans mes dossiers la lettre d'introduction qui devait accompagner l'envoi. Je feuilletais et refeuilletais les dernières lettres que j'avais reçues d'auteurs, inconnus ou connus cherchant à se faire publier, et je ne trouvais aucune trace de la dénommée Charlotte Anslo. Irritée de ce contretemps j'interrogeais ma mémoire et mes mails, peut-être l'avais-je rencontrée lors d'une soirée ou m'avait-elle jointe par téléphone pour m'expliquer qu'un tel lui avait conseillé de m'adresser son manuscrit, connaissant mes goûts d'éditrice pour une certaine littérature. Mais ni ma mémoire ni la liste de mes mails n'avaient retenu l'existence d'un tel nom et, déçue et troublée, je m'apprêtais à laisser le mystère en l'état quand je fus traversée d'une révélation qui me laissa sur le coup paralysée et que je formulais dans un éclair de vérité ainsi, Charlotte Anslo c'est moi. J'étais dans un état de sidération complet tant j'avais occulté le nom que je m'étais donné, sorti comme du chapeau d'un prestidigitateur. Certains, peu sensibles aux apparitions et autres étrangetés qui nourrissent le métier d'éditeur, ne verront que mise en scène dans cette épiphanie littéraire et l'émoi médusé dans lequel je restais.

J'étais du reste plus sidérée de l'équation révélée entre Charlotte et moi que du contenu de l'aimable note de lecture, et pour convaincre le lecteur de mon penchant schizoïde je me sentais frustrée d'une annonce enthousiaste à ladite Anslo et d'une lecture prometteuse. Dans cette confusion de sentiments je décidais de tout garder pour moi. Ce que je nc savais pas c'est que je rencontrerais Charlotte Anslo l'été suivant.

C'est lors d'un stage de yoga près de Neuchâtel que je fis sa connaissance. C'était un juillet pluvieux. Il pleuvait tant que lors de nos rares sorties nous rentrions totalement trempés malgré nos vêtements de pluie. J'aimais gravir le sentier qui menait à une vaste ferme d'où l'on entendait les meuglements d'un troupeau de vaches qu'on rentrait le soir de leur pré, la clochette sur leur collier tintinnabulant, musique des alpages, premier chant du monde.

Je montais jusqu'à l'orée de la forêt, réfractaire à pénétrer le silence obscur des bois, je m'asseyais à la limite de l'ombre avec pour paysage le dégradé des prés, toute cette étendue de vert, du plus tendre au plus foncé que le vent agitait et fondait. C'était un sentiment familier et exotique, je retrouvais magnifié le souvenir des prairies de mon enfance et j'en découvrais la splendeur parfaite jusqu'aux moindres détails, le mirage d'une teinte unique qui vous enveloppe jusqu'à la métamorphose. Je restais ainsi lors de nos après-midi de liberté à m'imprégner du léger ondoiement monochrome, de ce tableau en mouvement, de la douceur de ses reliefs, de la sérénité qui s'en dégageait que venait rompre la pluie, m'obligeant à bouger hors de cet océan tranquille. Je reprenais le sentier qui traversait la ferme et redescendais vers le village et le centre où nous étions hébergés. Il y avait toujours dans le jardin qui jouxtait le bâtiment un jeune Suisse, garçon ou fille en short et en tee-shirt quel que soit le temps, qui travaillait la terre, arrosait ou plantait tout en commentant d'une voix placide ce qu'il faisait à l'usage des stagiaires. Charlotte était l'une des plus fidèles à recevoir l'enseignement tout frais dispensé par un presque gamin, avec le recueillement attentif de celle qui apprend et ne sait rien. C'était ce qui m'avait frappée dès notre première rencontre, l'art et la politesse d'écouter le moindre propos comme un cadeau qu'on lui faisait. À elle seule elle était l'auditoire parfait qui ponctue d'un sourire sans interrompre son interlocuteur, qui hoche la tête pour mieux se pénétrer de son message, qui regarde droit dans les yeux pour s'assurer de sa compréhension, qui avance le buste pour confirmation.

Les premiers jours je l'avais observée à accomplir ce rituel discret avec la grâce d'une grammaire rodée, une empathie réelle et ce très léger décalage qu'on observe parfois entre les lèvres et la parole pour certaines retransmissions télévisées. C'était cette dernière disposition qui éveillait ma curiosité tant elle pouvait être infime mais réelle. Je ne la remarquais pas à chaque fois, ce n'était que concentrée sur sa possibilité que j'en détectais l'effet. Ce qui signifiait que je pouvais l'anticiper et en vérifier l'illusion. Ce n'était jamais quand je m'adressais à elle. Sans doute l'effet de nos regards croisés empêchait-il d'expérimenter l'inadéquation de l'image et du son, ou plutôt l'emprise de sa voix provoquait-elle en moi un charme assez fort pour que j'en oublie ce que je cherchais.

Elle employait des termes simples, sans affectation mais qui relevaient d'un domaine de réflexion profond qu'on ressentait sans savoir à quoi il référait. Ses premiers mots lors de notre première rencontre avaient été, j'aime le thé tiède et le café très chaud, et j'avais obscurément compris qu'il ne s'agissait pas d'une formule inconséquente mais d'une manière de me livrer un morceau de territoire où la saveur avait une place précise dans une perception du monde où le goût pouvait être une façon d'être, une sorte de sésame qu'elle tendait sans en imposer l'obligation.

Dans la grande salle à la charpente apparente où nous pratiquions, elle était assise en biais de l'enseignant, laissant un espace vacant autour d'elle que j'avais occupé en lui en demandant l'autorisation, n'étant arrivée que le surlendemain du début des séances. J'aimais ressentir son silence. J'ai toujours été sensible à ce lien qui se noue entre deux personnes étendues côte à côte, cette épreuve des corps, certains luttent terriblement, ils envoient tant d'atomes de détresse ou de douleur qu'il faut les chasser par un contrôle accentué de la respiration. Avec elle, rien de tel, seule la sensation du mouvement imperceptible qui se déploie en souplesse.

J'avais demandé une chambre séparée pour ne pas avoir à subir cette proximité du corps de l'autre qui me posait problème durant les séances et devenait parfois tourment dans l'intimité nocturne. Charlotte partageait un dortoir de quatre lits et quand je lui avais exprimé cette sensibilité qui me faisait ressentir le poids de la souffrance de certains êtres sans pour autant savoir comment la soulager, elle avait souri et reconnu qu'elle avait longtemps cohabité avec une sœur à l'énergie désarmante tandis qu'un voile embuait ses yeux.

J'avais décelé dans son accent indéfinissable sa tendance à buter sur les *r*, soit elle les avalait, soit elle les roulait et je compris par la suite que plus elle était émue plus le phénomène s'amplifiait. Nous nous trouvions sous l'auvent de la cuisine à regarder la pluie tomber, ce qui en soi n'invite pas aux confidences. Charlotte ne semblait pas s'en soucier. J'avais vraiment besoin de m'éloigner, pas seulement à cause de la mort de mon père mais de tout ce que ça entraînait, avait-elle murmuré. Et elle s'était tue sans que ce soit une invitation à la questionner, avec évidence elle avait abordé et clos le sujet. Je l'avais laissée là dans son temps à elle pour regagner ma chambre.

Je l'ai retrouvée à la séance du soir déjà installée sur son tapis, sa longue natte glissait sur son tee-shirt blanc selon les exercices du cou qu'elle pratiquait et je restais un moment fascinée par cette vie autonome qu'ont certaines chevelures. Cette sculpture de soi, cette épure de la nuque qu'impose la tresse, la précision du profil, la netteté du geste, j'en reconnaissais la qualité d'allégeance et de respect voué à la pratique. J'ai resserré ma pince à cheveux d'un air piteux avant de m'immerger dans l'étirement du bras et l'observation du souffle.

J'avais mis beaucoup d'années à atteindre le geste juste, celui qui convient à votre morphologie après un travail conscient de vos limites et des possibilités de les dépasser, peu importe qu'on touche la cuisse ou la cheville, c'est le délié du mouvement emporté par le souffle, débarrassé des contraintes de la volonté, au plus près de la respiration, qui permet que s'effectue ce geste. Je me souvenais d'enseignants de yoga au corps longiligne, en posture de lotus qu'impriment tous les spas, qui suivaient dans ce même lieu les cours de Zimza, souffrant de problèmes de dos, je me souvenais de danseurs classiques aux muscles trop sollicités, je me souvenais d'un naturopathe à la respiration sifflante s'imposant des postures compliquées et qu'il tenait trop longtemps. J'avais eu honte de mon peu de souplesse qui au moins me retenait de tout geste apparemment parfait et m'obligeait à trouver en moi d'autres ressources. Toute cette pratique corporelle qui tient davantage de la gymnastique mais épouse les mots du voyage intérieur, je n'en parlais jamais, et ce soir-là tandis que nous buvions une verveine je m'en étais ouverte à Charlotte Anslo. Je sais ce dont tu parles, m'avait-elle répondu, c'est la même chose pour la peinture, et puis à nouveau elle s'était tue. Quand je repense à elle c'est ce qui me revient, l'éclat de ses yeux verts quand elle amorce un aveu qui se résorbe aussitôt en silence.

Depuis l'aube nous marchions dans une brume épaisse, nous avancions sur un plateau venté, le ventre vide, les jambes tremblantes de l'effort fourni durant des heures à escalader des rochers presque invisibles. Altérée par la montée je ne pensais plus qu'à un thé chaud, un morceau de pain et au repos dans le chalet d'alpage dont on découvrait peu à peu la masse. Charlotte, elle, semblait en pleine forme, me proposant de se charger de mon sac à dos tant ma fatigue se voyait.

Tu sais, j'ai l'habitude des randonnées, avec Cordelia c'était notre quotidien quand nous passions l'été chez nos grands-parents en Carinthie, c'est au sud de l'Autriche, personne ne sait jamais où c'est, pourtant la Carinthie a donné beaucoup d'auteurs célèbres et les plus grands contempteurs du pays, Musil, Bernhard, Bachmann, Jelinek, Handke, mais je t'en reparlerai. Quand nous étions petites les gosses à l'école croyaient que c'était un pays inventé, celui des contes effrayants, il y a quelque chose de vrai d'ailleurs mais bon, l'histoire de ma famille est assez chargée pour qu'on n'ait pas besoin d'inventer.

Le froid humide m'avait tout à fait envahie quand nous avons atteint la porte du chalet. Une fille assise sur un tronc qui servait de banquette extérieure pleurait doucement. Charlotte s'est avancée vers elle et lui a passé la main dans le dos.

Tu veux que je te masse ? La montée a été particulièrement difficile, ça te détendra.

Je l'avais déjà rencontrée lors d'autres stages, une fille mince, presque anorexique dont je ressentais une telle demande de sens qu'elle me paralysait.

Charlotte a commencé par la nuque puis les épaules, le corps se dénouait, s'apaisait, le visage perdait ses crispations. J'observais les mains de Charlotte, leur adresse, la musculature du pouce qui appuyait sur les points douloureux et tout en la déliant l'énergie qu'elle rendait à la fille. J'observais et je revoyais tous ces corps en souffrance qui venaient chercher auprès de Zimza un apaisement ou une révélation. Tant de quêtes différentes éperdues ou construites. Il y avait ceux qui cherchaient à soulager leur pathologie comme Annette, une parachutiste victime de polyarthrite qui n'arrivait presque plus à marcher mais qui gardait une bonne humeur constante et une confiance sans bornes dans ses capacités à endiguer son mal, il y avait ceux qui croyaient dur comme fer à la discipline avant tout, qui ne supportaient pas le moindre écart à la règle, fustigeant du regard les tire-au-flanc, les retardataires, les pantelants. Il y avait ceux qui attendaient ce quelque chose qui remettrait en cause leur mode de vie et ses impasses, qui disloquerait les obstacles, qui débloquerait ce que leur velléité avait transformé en bunker. Nina, une fille très tonique, était de ceux-là, elle avait suivi des stages de tai-chi, de zazen, de chamanisme, vécu dans des ashrams pour y amadouer les rituels les plus opposés à sa personnalité, pensant qu'ils déboucheraient à un moment ou un autre sur un déclic en elle, une ouverture spirituelle dont elle cherchait activement la clef. J'avais beau lui dire qu'on ne devient mystique ni par effet de volonté ni par désir d'un au-delà ni par foi en un instant magique qui ferait exploser le monde ancien, elle répondait en riant que n'ayant pas encore tout essayé elle ne perdait pas espoir de rencontrer tel le moine zen le koan libérateur, l'illumination providentielle.

Charlotte avait souri à l'énoncé de ces conduites plus ou moins erratiques, nous étions à nouveau derrière la vitre de la cuisine, la pluie ne cessait pas et ce déluge qui nous accompagnait depuis le début de notre séjour formait une sorte de cocon méditatif.

J'aurais bien aimé la rencontrer, la dénommée Nina, tant de constance, tant d'énergie pour ce qui est si incertain, si improbable, remarque, on peut dire la même chose de l'amour, que c'est une illusion à laquelle on donne forme, que son avènement est l'événement majeur, celui qui fonde en majesté notre présence au monde. Mon père le croyait si fort que même à l'agonie il n'a pas capitulé, et pourtant il avait traversé enfant les drames de la guerre. Du côté des vaincus. Allemand, père nazi et francophile, déporté en Sibérie, ayant vécu toute sa jeunesse dans les caves d'une ville dévastée. Mort à Paris de désespoir. Pas de désespoir politique, de désespoir amoureux. Ma mère avait succombé quelques mois plus tôt, renversée par une voiture. Et à cette suite imprévisible de malheurs j'ai ajouté mon obole en décidant de divorcer.

Elle avait alors tourné la tête vers moi.

C'est bien ce que tu voulais savoir ?

Je l'avais laissée là, sur un tabouret de la cuisine, irritée de ce ton d'ironie, voire d'agressivité alors qu'elle venait de me livrer un condensé de tragédie que je n'avais pas sollicité. Pour qui me prenait-elle ? Quelqu'un qui manquait de sujets romanesques, une admiratrice pendue à ses lèvres qui lui servait de faire-valoir, une âme qui ne savait exister qu'au travers de l'existence d'autrui, ou qui sait une proie sur qui se décharger d'un fardeau trop lourd à porter. Même si l'écoute était pour moi une seconde nature et une nécessité professionnelle pour accompagner les auteurs dans leur travail je n'admettais pas d'être prise au piège par une inconnue dans un jeu du chat et de la souris à quoi dans ces montagnes j'espérais échapper.

Il y avait toujours avec elle, je l'apprendrais, un décalage qui surprenait, une sollicitude réelle, attentionnée puis une sorte de brouillage sur la réalité de son intérêt et sur la manière dont elle livrait ensuite certains pans de sa vie sans qu'on s'y attende.

J'avais passé le lendemain dans la seule observance de soi, non pas fermée au monde mais aux problèmes qu'il pose. J'avais pratiqué toute la journée les yeux fermés, dans cette assise dégagée de la vue et de ce qu'elle perturbe. De tous les sens la vue est le plus sollicité, le plus reconnu, le plus réfléchi, en Occident du moins, la Chine ancienne ne lui accordait pas ce privilège et dans sa peinture n'identifiait pas le paysage à un panorama mais à un lieu où vivre. C'est ce que m'expliquerait plus tard Charlotte quand nous aurions trouvé la manière de nous apprivoiser.

Il nous fallut deux jours encore avant de rompre le silence. C'était elle qui était venue vers moi. Nous devions accomplir une posture inversée qui demandait le support ou la surveillance d'un autre stagiaire. Elle avait spontanément rejoint mon tapis pour se placer dans l'axe que formait le triangle de mes avant-bras et de mon crâne. Prête à secourir le poirier mais sans y mettre aucune pression ni volonté d'intervention. J'avais apprécié la légèreté de sa présence, je souffrais d'un équilibre inquiet dû à des traumatismes anciens que réactivait la peur de m'effondrer. Elle n'avait amorcé aucun geste, elle se tenait droite et immobile sans la tension de vouloir venir en aide, comme un arbre dont on sait qu'on pourra si besoin est y poser les pieds mais parce qu'on le sait on n'y aura pas recours. Et je n'ai eu besoin d'aucun appui, une des rares fois où j'ai pu accomplir l'exercice dans une sorte d'apesanteur fluide qui fut un vrai bonheur. Et je savais que je le lui devais.

Le soir même nous reprenions nos habitudes de conversation face à la vitre de la cuisine, tisane en main. La pluie régulière qui tombait et balayait la fenêtre altérait par sa présence continue en plein été le rythme de la maisonnée, n'incitant ni à l'échange ni à l'observation du ciel, creusant le repli sur soi et l'envie de sommeil. C'est là qu'elle m'a parlé pour la première fois de son travail, elle illustrait pour vivre des livres pour enfants mais son principal intérêt c'était sa recherche picturale, elle insistait sur la recherche, ce qu'elle faisait n'était pas destiné à être montré. Elle travaillait ce qu'à la Renaissance on nommait le sfumato, le halo qui entoure le dessin, dans la volonté esthétique de ne pas réduire la création à un résultat déterminé. C'est le choc des couleurs qui en se superposant ou en se repoussant crée un dessin incertain. Le contraire du travail fini. L'impulsion de départ c'est le mouvement, un mouvement qui serait élan, désir, inspiration et qui peu à peu occuperait l'espace. Mais on sait, avait-elle ajouté, que le désir n'aboutit pas, qu'il ne peut être sacrifié à aucun résultat, qu'il ne peut être négocié, qu'il n'a aucune valeur d'échange. La seule manière d'avancer c'est d'oublier où l'on va, de conserver cet état initial, d'être dans la faiblesse initiale de ne pas savoir. Il faut constamment relancer le désir, avait-elle insisté, le fouetter, le mettre en scène, dans une chorégraphie toujours inachevée, une virtualité infinie, le tableau pour moi c'est un théâtre de l'inachèvement, une mise en scène continuelle du désir. Et c'est pourquoi je suis là, après tout ce qui est arrivé ces derniers mois je ne le reconnaissais plus. Braque disait qu'écrire ce n'est pas décrire, peindre n'est pas dépeindre, j'ajouterai que ce n'est pas moi qui peins mais ce qui prend corps en moi. Comme pour le yoga, tu es ce corps que traverse le souffle à condition de le laisser passer, j'ai toujours voulu être une fille du vent, sans doute ma mère m'a trop lu Andersen pour m'endormir, mais tu m'as l'air de dormir sur place, si on allait se coucher.

Et c'est ainsi qu'a débuté cette relation singulière au parallèle étrange, non seulement parce qu'elle renvoyait à la figure inversée que j'avais réussie grâce à elle, peut-être chacune de nous était-elle à l'autre cet arbre qui soutient, par essence immobile et muet, sans interférence. C'est dire combien je me trompais mais je ne savais pas encore qu'elle se nommait Charlotte Anslo, de ce nom que j'avais inventé pour me dissimuler.

Un début d'après-midi, blotties dans le foin d'une grange alors que la pluie balayait le paysage à le noyer, elle m'avait interrogée sur ce qui motivait les romanciers contemporains. Je n'avais guère envie d'aborder les lieux communs, pas envie de disserter avec la dérision et la distance que requiert tout sujet d'importance quand on l'évoque rapidement. Je n'étais pas là pour parler de ce qui faisait le plus clair de mes jours et ressentais comme un dérangement qu'elle veuille m'y replonger, j'ai donc murmuré que le roman avait toujours eu pour objet le désir amoureux, sa réalisation, son absolution.

Elle n'avait rien rétorqué et je me crus sauvée d'une conversation sur la littérature et m'apprêtais à somnoler quand sa voix prit une intonation voilée présageant une confidence dont les premiers mots et leur débit m'ont avertie qu'elle ne serait pas sur le mode dont elle avait usé jusque-là.

Je venais d'avoir seize ans quand mon père a toqué à la porte de ma chambre en s'excusant mais il devait me parler, là, maintenant, pouvais-je descendre dans la rue avec lui, il préférait marcher pour me dire ce qu'il avait à me dire. Nous étions pourtant seuls dans l'appartement, ma mère et Cordelia étaient sorties, rien ne l'empêchait de s'exprimer, ai-je pensé avec cette sorte d'appréhension qu'on a devant l'imprévu, l'embarras et l'inquiétude à se voir convoquer par son père. Non pas que j'entretenais une relation conflictuelle avec lui, c'était un père aimant, disert, qui livrait volontiers le fruit de ses pensées, qui ne taisait pas son passé douloureux sans l'invoquer comme beaucoup d'autres de notre connaissance pour nous démontrer la chance que nous avions de vivre dans un pays en paix.

J'ai pris mon manteau à la patère et je l'ai suivi, intranquille, réfléchissant à ce que je pouvais avoir fait qui l'ait mis dans cet état livide. Je descendais lentement les étages sans rien trouver qui m'indique la moindre piste, il m'attendait dans le vestibule, la porte vitrée entrouverte, sans impatience. Nous avons longé la façade du collège où j'avais suivi la dernière année en rentrant d'Angleterre. J'avais eu beaucoup de mal à m'intégrer et à réinvestir la langue française que je parlais pourtant avec ma sœur, notre langue commune, celle qui nous soudait. Cordelia n'avait eu aucun problème au lycée et se moquait de moi sans comprendre combien j'en étais affectée. Toute à mes pensées auxquelles je m'arrimais pour ne pas céder à la panique, mon père marchait à côté de moi sans rien dire, d'un pas mécanique, j'ai levé la tête et surpris une larme qui coulait sur sa joue. Je ne l'avais jamais vu pleurer, je n'avais jamais marché avec lui sans but dans la rue, une chose terrible s'était passée et j'en étais la cause. Nous avons poursuivi en silence le bout de la rue, tourné à la pharmacie et là devant le jardin public, il a lâché à nouveau, Charlotte, il faut que je te parle.

Ça je le savais, mes jambes étaient en plomb, mon regard s'efforçait de considérer mes pieds, qu'avais-je fait qui l'atteigne autant ? C'est là qu'il a murmuré : tu sais, ta mère, je l'ai toujours aimée. J'ai ressenti dans l'instant un tel soulagement, je n'étais pas concernée, je n'y étais pour rien, du coup la douleur qui me vrillait l'épaule s'est volatilisée, mes jambes ont retrouvé leur légèreté. Que mon père aime ma mère ça allait de soi, il n'y avait pas à en faire un drame, mais en l'observant j'ai compris qu'il n'en avait pas fini.

Il a fait quelques pas. Tu connais l'histoire n'est-ce pas, notre rencontre à Vienne, Vera qui habitait chez

Ingeborg, nos soirées à lire des poèmes tout en buvant de la vodka, je n'avais d'yeux que pour elle, et elle ne le voyait pas. Alors je lui ai envoyé une carte postale dans laquelle je lui disais mes sentiments, à elle de me répondre si elle tenait à moi. J'ai attendu trois jours et n'y tenant plus je suis allé frapper chez Inge. C'est elle qui a ouvert et elle me souriait. Le plus beau jour de ma vie, ce fut le plus beau jour de ma vie, j'y pense matin et soir.

Je l'ai regardé, étonnée, tout cela je le savais, pourquoi me le répétait-il dans la rue d'un air tragique, je ne voyais pas en quoi une histoire d'amour dont nous étions ma sœur et moi les fruits pouvait provoquer une telle désolation, j'étais à l'âge où l'abandon de soi de la part d'adultes paraissait aussi extravagant que grotesque.

Cela fait plus de vingt ans que j'y pense, a-t-il repris les yeux dans le vague, vingt ans que ça me réveille la nuit, que ça me creuse l'estomac le jour, que je n'ai pas de réponse à ça…

Il m'a pris la main et s'est remis en marche, je le sentais trembler, butant sur ce qu'il voulait proférer, maintenant je le savais, il m'avait entraînée sur le trottoir pour ça et j'attendais, raidie, hypnotisée.

Voilà ce que je voulais te dire, je n'en ai jamais parlé, j'aime ta mère et je n'ai jamais su si elle m'aimait, sa voix s'est cassée aussitôt en sanglots et nous avons atteint la Seine sans un mot.

J'étais sonnée, pétrifiée. Sans comprendre ce que cela signifiait, un écho sourd qui ne portait pas mais vrillait dans un espace vide et inconnu de moi. Pourquoi m'avait-il fait cet aveu, à moi qui ne connaissais rien à l'amour, qui n'en connaissais que les versions littéraires, les chansons et les films et les flirts d'un soir qui électrisent, enflamment puis retombent en sentiments honteux. Honteux de n'être que ça, un désir qui s'éteint aussi vite qu'apparu, qui n'a rien de la passion dont on est abreuvé d'images. Voilà où j'en étais et d'un coup mon père me révélait ce que l'amour était et les affres qu'il ouvrait.

Quand Cordelia est rentrée j'étais dans mon lit à ressasser le secret de mon père, à l'interroger, en quoi aimer et ne pas savoir si on l'est pouvait engendrer une telle souffrance, ne vivaient-ils pas ensemble avec toutes les marques de l'attachement, ne formions-nous pas une famille unie, pourquoi ne lui posait-il pas la question à elle, se pouvait-il que sous l'apparence du bonheur conjugal ils vivent des drames dont je ne savais rien ? J'ai répondu à ma sœur qui m'appelait pour dîner que je n'avais pas faim. Dans la nuit je délirais, je m'imaginais au pilori comme dans *La Lettre écarlate*, « aimer » et « être aimé » inscrits alternativement au tison sur mon front et je criais que je ne pouvais faire un choix, avant de m'évanouir de douleur. Au réveil je me suis précipitée dans la salle de bains, lorgnant mon front dans le miroir, persuadée qu'y était tatouée la formule magique.

Je sais ce que tu penses, avait-elle repris après un assez long silence, le sens de la dramaturgie, l'abus de mots fatals.

Mon père était un homme de la vieille époque, né dans les années trente à Berlin dans un milieu bourgeois et catholique qui avait une vénération pour tout ce qui était écrit. Son propre père, professeur de littérature à l'université, avait une conscience toute prussienne de l'honneur que le traité de Versailles avait écorné. Il avait pris sa carte du parti nazi pour défendre une idée de la nation allemande qui avait été piétinée et était parti se battre sur le front de l'Est. Il n'en est jamais revenu, ma grand-mère apprit bien plus tard que, fait prisonnier par les Russes, il avait été envoyé en Sibérie. C'était un homme cultivé et stupide – c'est moi qui le dis – qui croyait à la puissance des métaphores, celles de l'Antiquité avant tout. Il répétait à son fils que l'Allemagne c'était la

Grèce moderne, le pays de la virilité et de l'héroïsme alors que la France relevait de Rome et de ses mœurs dissolues, tu vois le genre.

En 1945 ma grand-mère et mon père ont fui Berlin et les chars russes et ont trouvé refuge à Münster où ils ont vécu dans la cave d'un immeuble en ruines. Le gamin qu'il était a réussi à s'inscrire dans un établissement scolaire où l'on n'admettait que les enfants protestants. Il riait toujours en évoquant comment il avait juré qu'il l'était, apprenant en cachette le dogme et les prières : j'étais un catholique marrane, comme les juifs en Espagne je dissimulais et je crois y avoir acquis le sens du relatif, de la déraison des religions, et de ce constat la force de persévérer dans un monde où la violence sectaire a toujours eu le droit pour elle. Cela lui avait donné une acuité intellectuelle qui jusqu'à mes seize ans m'a subjuguée. S'il avait étudié le droit, disait-il, c'était pour mieux comprendre le fonctionnement des sociétés et se préserver de leurs risques éventuels. Aussi à l'aise en droit romain qu'en droit anglo-saxon, il aimait comparer leur manière d'envisager le comportement humain.

Quand il a rencontré ma mère à Vienne elle militait au sein d'un groupe d'écrivains pour qui la littérature après le nazisme devait repartir de zéro, libérer les hommes des mots salis par les nazis, nettoyer le langage, laisser s'exprimer les femmes avec leurs mots à elles, c'était tout un programme, une utopie, un défi que le poème devait relever. Elle avait rejoint ce groupe grâce à Ingeborg Bachmann qui devint son mentor, sa grande amie. Comme elle était de Carinthie on lui avait conseillé de s'adresser à elle pour trouver une chambre à Vienne. Elle me parlait souvent d'elle, de sa violence et de sa sollicitude, comment elle l'avait prise sous son aile et lui avait témoigné jusqu'à sa mort une amitié inconditionnelle.

Je me souviendrai toujours des circonstances de sa mort, nous vivions à Oxford, je devais avoir huit ans et ma mère au téléphone répétait, brûlée vive dans son appartement mais ce n'est pas possible, puis elle s'était écroulée en larmes après avoir arraché la prise de téléphone comme une furie. Le lendemain elle partait pour Rome et elle n'est revenue qu'un mois plus tard.

Ne crois pas que je veuille t'infliger une biographie parentale post-catastrophe, mais quand à seize ans je me suis retrouvée lestée de l'aveu de mon père, j'avais aussi, qui hantait notre mémoire collective, l'histoire d'amour tumultueuse d'Ingeborg et de Paul Celan. J'ai grandi avec elle, ses soubresauts, ses fulgurances. Un amour si vibrant chez l'amie de ma mère, si généreux, oblatif, absolu. Parfois elle nous lisait des passages de ses lettres, Inge prétendait qu'il était plus facile de dire à un tiers ce qui ne peut se dire à l'aimé, ce qui se cogne au silence, à l'imperfection du dire. C'était des propos enflammés, un souci constant de faire connaître la poésie de Celan, plus que la sienne, alors que lui n'accusait même pas réception des poèmes qu'elle lui envoyait. J'étais souvent choquée de cette disproportion et de l'abus chez Celan de lyrisme et de ferveur quand ça lui chantait, après parfois de longs silences de désintérêt. J'avais été abasourdie par la beauté et la cruauté de ce qu'il lui avait écrit à propos d'un de ses poèmes alors qu'il vivait avec sa femme et son fils. Inge l'avait recopié pour Vera : « Chaque fois que je le lis, je te vois entrer dans ce poème, tu es le fondement de vie, aussi pour la raison que tu es et resteras la justification de ma parole. »

Nous l'avions appris par cœur Cordelia et moi, nous le trouvions aussi magnifique que dérisoire, nous ne savions comment l'interpréter, nous ne savions finalement que nous en moquer en nous lançant l'une ou l'autre d'un air lugubre, tu es la justification de ma parole, ce qui irritait prodigieusement ma mère. Mais que faire d'un amour trop grand, dont l'intensité nous écrasait, dont on savait qu'il était le lien entre deux poètes majeurs, le lieu de tension de leur écriture, dont on était les témoins de ce qu'il extasiait et dévastait chez Inge à travers ces lettres à Vera qu'elle relisait sans cesse après leur mort. L'amour peut être un crime, un assassinat à petit feu quand il prend au piège des mots, de leur pouvoir sublime, qui peut y résister, je voyais Bachmann comme la preuve avérée de ce que j'avançais, qu'elle soit une intellectuelle engagée et lucide m'en apportait une confirmation de plus. L'aveuglement face aux mots. Et eux qui voulaient se libérer de leur gangue despotique sombraient dans l'illusion de leur toute-puissance. Comme mon père. J'ai décidé alors de m'en méfier et puisque je n'avais pas les moyens de les combattre je ferais en sorte de ne pas en souffrir.

J'avais alors interrompu Charlotte malgré la question qui me brûlait les lèvres, ma montre indiquait l'heure tardive, nous allions rater la séance de fin d'après-midi. Nous avions dévalé la prairie, couru dans la rue déserte du village pour prendre place sur nos tapis, gênées d'imposer un dérangement à ceux qui méditaient. Le corps met un certain temps à se calmer, à évacuer la précipitation et le sentiment de culpabilité, à se recentrer et à prendre le pouls de l'assemblée, il lui faut renouer avec l'assise, qui n'est pas le seul fait de s'asseoir mais d'abandonner toute prétention à faire quoi que ce soit d'autre. Je me débattais avec ces émotions, arquée sur la respiration, je sentais celle de Charlotte se réguler au rythme de la mienne, à moins que ce ne soit l'inverse, puis tout s'est dissous dans l'attention portée à la posture.

Nous n'avions pas voulu le soir nous dérober à la séance de discussion facultative et nous avions rejoint la dizaine de participants qui formaient déjà un rond, sachant que nous n'échapperions pas à l'intervenant accusateur. Il prit la forme d'une dame replète toujours vêtue de couleur framboise qui déclara combien elle était perturbée dans sa concentration quand on entrait dans la salle avec retard et combien il lui était ensuite difficile de retrouver la qualité de son état initial. Zimza lui répondit que c'était pourquoi elle appelait à respecter les horaires mais qu'il ne fallait pas s'attacher aux perturbations extérieures, que la pratique venant on s'en détachait et qu'ainsi on atteignait la non-emprise. Un discours raisonnable et raisonné tenu depuis des lustres par tout enseignant mais qui soudain m'importunait. Je ne supportais plus le ronronnement sur l'avenir radieux du corps libéré, ce prêchi-prêcha dont j'avais entendu mille fois le refrain.

Jenny, la dame framboise participait depuis trois décennies aux stages les plus divers, aux quatre coins de la planète, exhibant ses turbans et ses pashminas dont elle donnait la provenance et le prix aussitôt sortie de sa séance, sans avancer en rien sur le travail sur soi. S'agissait-il de la maintenir dans l'illusion de ses capacités en arguant que chacun est éternellement perfectible ? Comme si l'on affirmait à un lycéen qui ne lisait jamais que la lecture lui ouvrirait des horizons infinis s'il s'y mettait. Je connaissais tant de gens éblouis par ces propos rassurants qu'ils s'imaginaient déjà réalisés, je le voyais dans mon métier, tant de gens se lançaient dans l'écriture sans autres armes que la foi inébranlable dans ce qu'ils avaient à dire.

Mais la question qui me tourmentait depuis l'après-midi, que j'avais tenté d'évacuer toute la soirée en m'irritant contre les promesses toutes faites, revint en force dans la nuit. Le lendemain je pénétrais les yeux cernés dans la vaste salle à manger pour y boire un thé et j'y trouvais le directeur du centre qui discourait avec deux habitués du bienfait d'habiter au bord d'un lac, il vivait à Neuchâtel et s'extasiait chaque jour de la sérénité qu'apportaient ses eaux calmes. Je ne cherchais pas à m'immiscer dans la conversation bien qu'adhérant à l'idée de l'influence des lieux et de leur pouvoir de réconfort et sirotais mon thé quand Charlotte était entrée, elle revenait d'une visite à la fromagerie locale et déposait ses achats sur la table tout en nous saluant, s'approchant du propriétaire qu'elle ne connaissait pas et se présentant d'une voix cordiale. Charlotte Anslo, a-t-elle articulé et les syllabes de son nom ont pénétré les zones confuses de mon cerveau que j'avais vainement tenté d'activer toute la nuit.

Non que son prénom la première fois qu'elle l'avait

prononcé n'ait pas fait son effet mais je vivais dans un réseau de coïncidences telles, attentive à leur champ d'action, au mimétisme qui les faisait naître, que j'avais décidé qu'il en était de son prénom comme tant d'autres choses, des attractions fortes qui surgissaient de nos préoccupations momentanées.

Ce qui m'avait bien plus perturbée la veille c'était le récit de sa vie où je retrouvais des bribes du roman que j'avais écrit, fait lire sous le nom de Charlotte Anslo et enfoui ensuite dans mes tiroirs.

Et maintenant celle que j'avais inventée, celle dont j'avais en partie raconté l'histoire se tenait devant moi dans l'évidence de son patronyme, de sa réalité, de sa présence incontestable.

Je devais être livide car Charlotte m'a demandé ce que j'avais et je n'ai pu que balbutier que j'avais été malade toute la nuit et que j'allais de ce pas me recoucher.

Les coïncidences, j'en tenais un cahier depuis longtemps pour à la fois m'en assurer et me protéger. Quand on lit toute la journée on est témoin de tant de traces révélatrices, de détails stupéfiants, de recoupements involontaires qu'ils dessinent en creux une carte du monde invisible et cohérente. Du plus insignifiant au plus signifiant. La veille de mon départ j'apportais au service des manuscrits un roman que je n'avais pas ouvert et tandis que je posais les yeux sur la lettre de présentation un lecteur avait brandi de la revue qu'il lisait une affiche publicitaire qu'il avait dépliée, on y voyait le dessin d'un chat en colère. Baissant les yeux sur la lettre que je tenais en main j'avais lu que le sujet du manuscrit était la métamorphose d'un pharmacien en félin et quand quelques heures plus tard je m'attelais à la lecture d'un nouveau roman, j'y découvris les relations obsessionnelles d'une artiste et de ses nombreux chats. Une journée sous le signe du chat comme d'autres sous d'autres signes selon les corps conducteurs. Il faut s'y faire, laisser les interactions décanter sans vouloir y placer un sens. C'est le métier.

Il y a quelques années je cherchais à joindre un ami perdu de vue et je me tourmentais, ne sachant comment faire pour retrouver sa trace quand à la lecture du manuscrit d'un sociologue qui travaillait sur la transformation des hommes et en avait interviewé un certain nombre, je tombais sur le cas d'un homme dont je sus qu'il était l'ami que je recherchais. Quand je m'en étais ouvert à l'auteur il avait réagi violemment, c'était impossible et le secret professionnel l'empêchait de m'en révéler l'identité. J'avais alors décliné patronyme, métier, antécédents et je voyais l'ébahissement s'accroître sur le visage de l'auteur.

Le cas Charlotte Anslo était beaucoup plus délicat et complexe. Il faisait interférer une invention fortuite, une rencontre hasardeuse, une similitude entre roman et réalité et la naissance d'une amitié qui se nourrissait sans doute de cet agencement. J'avais beau me retourner dans mon lit, à agiter tant d'invraisemblances, les maux de tête ont redoublé, avivés par l'insomnie et la stupéfaction. J'ai fini par m'endormir, à mon réveil paralysée par l'incapacité à y voir clair j'ai pris à nouveau la décision de me taire. J'attendrais que se révèle ce qui m'avait échappé.

J'habitais encore à Rambouillet une grande maison avec une verrière et une glycine sur la façade. Je partais le matin par le train pour n'y revenir que le soir hors les jours où je restais à lire et annoter les manuscrits des auteurs que je publiais. J'y vivais sans l'habiter depuis le départ des enfants, qui avaient choisi des études longues et incertaines à l'étranger. Leur père lui aussi ne faisait qu'y passer, requis par des obligations professionnelles qui l'obligeaient à d'incessants déplacements. Le jardin n'était plus qu'un fouillis d'arbustes et de bosquets d'où seul se dégageait un grand chêne aux branches tordues dont les feuilles en été balayaient jusqu'aux fenêtres de l'étage. Je veillais malgré tout à entretenir un massif hétéroclite de fleurs sauvages qui s'égrenaient au-delà et parvenaient à se nicher dans les pierres du perron, j'aimais cette manière d'essaimer, de divaguer, les belles-de-nuit, les coquelicots, les pensées, les jonquilles, les giroflées, les découvrir suivant leur saison dans un espace nouveau de conquête. Dès mon retour de Neuchâtel j'entrepris de les discipliner par un souci d'ordre qui relevait plus de mon état intérieur que du désir jardinier. J'avais quitté Charlotte Anslo avec la promesse de nous revoir bientôt, elle me ferait signe, m'avait-elle dit, dès la fin de son travail en cours pour que je vienne voir son atelier, elle y tenait beaucoup.

Je l'avais regardée s'éloigner dans la gare de Genève, frêle silhouette au pas élastique et ferme, auréolée d'une masse de cheveux sombres que ne retenait plus l'attache en cuir censée les maintenir. Elle devait séjourner quelques jours à Genève et de loin je l'avais vue lever les bras vers un homme qui l'avait non seulement enlacée mais soulevée de terre dans la joie avais-je pensé de la retrouver. Ce n'était sans doute pas son mari dont elle m'avait dit vouloir se séparer et c'est aussi ce qui nous avait rapprochées puisque j'avais pris la même résolution. Une décision qui mettait fin à une cohabitation difficile depuis le départ des enfants, le sentiment d'une conclusion dont je connaissais l'aridité. Nous en serions désemparés, fragilisés et soulagés, il nous faudrait vendre la maison qui ne représentait plus dorénavant le lieu de vie où chacun sait être attendu et en ressent une joie secrète, il nous faudrait apprendre à accueillir d'autres émotions, d'autres gestes, d'autres habitudes. J'avais une grande responsabilité dans cette évolution. Aux dires de mon compagnon, quand je ne travaillais pas sur les manuscrits des autres je travaillais sur les miens et demeurais aveugle à l'existence d'autrui. Combien de fois m'avait-il reproché d'errer comme un zombie dans la maison sans l'entendre ni l'écouter. Je protestais pour le principe mais savais bien qu'il disait vrai, je désertais à ma façon et il fallait bien en tirer les conséquences, inventer un nouveau mode de vie qui nous conviendrait mieux. Nous n'invitions même plus de vieux amis au prétexte que le temps manquait. Sans être dupes de ce que nous avancions, ce n'est pas le temps mais le désir qui s'éloignait.

J'avais toujours écrit, bien avant d'entrer dans l'édition, sans envisager pour autant de publier. C'était une règle que je m'étais fixée, comme toutes les règles personnelles incongrues pour autrui, selon ma déontologie autant écrire apportait à mon travail éditorial un supplément de connaissance et d'efficacité, autant publier risquait de créer des interférences fâcheuses entre les deux activités. Sans compter la suspicion qu'alimenterait le mélange des genres. Un éditeur qui écrit est publié par confraternité, complaisance ou renvoi d'ascenseur, pas pour son talent ou sa valeur. Un éditeur est un écrivain frustré qui profite du milieu pour s'adouber. Mieux vaut être banquier, gardien de musée, géologue ou livreur de pizzas pour revendiquer le statut d'écrivain, on y est moins suspect d'allégeances et de complicités. J'avais toujours été étonnée de ce statut étrange de l'écriture. On y béatifiait les plus éloignés de l'espace littéraire selon une croyance qui ne valait que pour la création littéraire. Plus on ignorait l'apprentissage, le savoir, l'expérience, plus on bénéficiait du prestige du génie inspiré. Ni en peinture ni en musique on n'aurait adoubé un artiste sorti de rien sinon pour l'associer à un art brut ou naïf, au contraire on vantait l'érudition, la réflexion, le large spectre de ses influences et de ses recherches. Qu'un compositeur soit chef d'orchestre, pianiste ou copiste, qu'un peintre soit enseignant, collectionneur ou galeriste, qu'ils revendiquent leur formation, leurs choix esthétiques, c'est à mettre à leur crédit. En littérature c'est le contraire, ceux qui connaissent le travail sur la langue sont discrédités de cette connaissance, estampillés collaborateurs face au génie résistant qui crée du haut de son ignorance et seul peut enfanter un chef-d'œuvre. Un certain nombre d'éditeurs se vantaient même de ne jamais intervenir sur les textes des auteurs qu'ils éditaient tant était grande leur foi dans l'écrivain inspiré.

Ma détermination à faire lire sous le pseudonyme de Charlotte Anslo mon dernier roman venait de mon impossibilité à continuer. J'étais bloquée. Le contrat qu'habituellement je me fixais, d'aller au bout d'un manuscrit, d'être assurée de sa cohérence et de sa viabilité avant qu'il rejoigne les précédents dans mes tiroirs ne fonctionnait plus. Je n'arrivais plus à écrire, je n'arrivais plus à ce que le processus d'écrire reparte, que les mots naissent de situations, d'impressions selon un déroulé anxieux, euphorisant, dubitatif, imprévisible. Rien ne venait, tout était aspiré par le vide.

Depuis que j'avais rencontré Charlotte Anslo le vide avait pris la forme d'un abîme. Qu'elle m'ait confié des bribes de son histoire liées à la Carinthie que j'évoquais dans ce dernier roman, qu'elle m'ait parlé d'Ingeborg Bachmann, l'amie de sa mère, et de son amour pour Paul Celan, qui en était le sujet, qu'elle ait fait allusion à son incompréhension de leur relation amoureuse qui était le moteur de mon projet, m'avait propulsée dans un monde vertigineux de coïncidences qui excédait tout critère d'interprétation. Ingeborg Bachmann était née à Klagenfurt d'un père ayant adhéré au parti nazi dès 1932, elle avait rencontré à Vienne en mai 1948 Paul Celan. D'une famille juive de Bucovine, après la déportation de ses parents et son internement en camp de travail il avait fui vers Bucarest, modifié son patronyme Antschel en Ancel puis en Celan et avait signé de son nouveau nom « Fugue de la mort » en 1945. Quand Ingeborg le rencontre elle est foudroyée par la beauté magique de ses mots mais Celan part pour Paris presque aussitôt. J'avais écrit à partir de ça, la teneur d'un amour impossible, leur différence irréductible, une même fin tragique, et maintenant j'étais confrontée à un presque témoin de leur histoire, une femme dont j'avais emprunté le nom et qui me fascinait.

J'avais repris le travail avec soulagement. J'allais pouvoir momentanément faire cesser le tourment des questions sans réponses, mettre de côté un avenir plus qu'incertain, une discussion périlleuse avec Jean qui n'était plus que ce compagnon distant et ombrageux qui ne prendrait pas je le savais l'initiative du changement. Chaque matin dans le train je feuilletais sans conviction les pages ventes et locations des journaux abandonnés sur les banquettes, sans faire l'effort de franchir la porte d'une agence, ce n'était pas le moment idéal me disais-je, avant la rentrée des classes trop de gens cherchent à se loger et j'étais rassurée de ce mensonge qui repoussait toute décision. M'attendait une pile de manuscrits que j'avais accueillie avec joie. Les quatrièmes de couverture, les argumentaires commerciaux, les rapports de lecture, tout m'enchantait, jusqu'à la liste des titres à fournir à la direction pour un roman qui avait pourtant un titre depuis longtemps mais qu'il fallait changer au prétexte qu'une bande dessinée renommée le portait.

Presque un mois s'était ainsi passé à refouler toute idée de départ, à rentrer à Rambouillet dans une maison vide, Jean était en mission à Rome, ce qui rendait la situation moins inconfortable, lorsque je reçus un appel de Charlotte qui m'invitait à visiter son atelier. Ce fut comme un électrochoc, comme si surgissait un souvenir improbable dont je refusais la portée. Et c'était bien le cas, j'avais réussi à enfouir cette énormité, Charlotte Anslo existait, le manuscrit qui portait son nom aussi et si j'avais pu enfermer ce dernier dans un tiroir de ma commode, il n'en allait pas de même avec l'être humain qu'elle était, qui me semblait habiter un lointain passé mais dont la voix si familière me rappelait notre récente amitié. J'étais abasourdie devant cette évidence, pareille à l'enfant qui s'est caché sous la table en pensant disparaître aux yeux du monde, j'arrivais à balbutier que oui je viendrais mais pour l'instant j'étais surchargée de boulot, je la rappellerais très vite. J'ai bien senti la note de déception à l'autre bout du fil, suivie aussitôt de la remarque acerbe, comme tu veux mais ce sera peut-être trop tard, sur quoi elle a raccroché me laissant anéantie. Qu'on toque à ma porte à cet instant m'a permis de reprendre mes esprits, pas tout à fait aux dires de l'auteur qui entrait, qui s'est exclamé, tu n'as pas l'air dans ton assiette, à quoi ça sert les vacances si c'est pour te retrouver plus zombie qu'avant, tu as eu le temps au moins de relire mon roman ? Ce qui a eu pour effet de me redonner le sourire face à l'habituel égoïsme du romancier pour qui on n'existe que pour lui.

Je terminais de lire la préface d'un philosophe connu à l'essai d'un débutant quand Irène a pénétré à pas de chat dans mon bureau. Je te dérange ? a-t-elle murmuré tandis que je sursautais. Je lui avais maintes fois demandé de frapper avant d'entrer, arguant que concentrée se retrouver face à quelqu'un était très perturbant mais elle ne s'y faisait pas ou trouvait-elle amusant de me surprendre. Tu me le dis si je te dérange, a-t-elle répété, mais j'ai une nouvelle qui peut t'intéresser, mon voisin déménage, tu sais l'architecte avec qui j'ai eu une histoire l'année dernière, l'appart est à lui et il cherche un locataire. Comme tu m'as dit que tu voulais quitter Rambouillet…

Nous nous y sommes rendues deux jours après, trois pièces au quatrième étage, au fond d'une impasse rue de la Roquette, c'était parfait pour moi, il ne me restait plus qu'à en avertir celui avec qui je partageais ma vie et je pressentais que ce serait une entreprise délicate qui nous bouleverserait autant qu'elle nous libérerait.

J'ai attendu le week-end suivant pour lui en faire l'annonce, je m'affairais à arracher le liseron et le lierre qui étouffaient les fleurs des massifs, jouant du sécateur avec le plaisir du défricheur dont je savais qu'il prendrait fin sous peu, l'appartement que je devais occuper n'ayant ni balcon ni jardinières et déjà je regrettais de ne plus pouvoir mettre les mains dans la terre, arroser des plantes qui sans moi périclіteraient, admirer des pousses dont la croissance me semblait toujours un miracle et l'indice d'une nature plus puissante que ce qu'on en disait. J'ai levé le nez et je l'ai vu qui m'observait avec une attention nouvelle comme s'il lisait dans mes pensées et s'interrogeait sur le bien-fondé de remuer une terre que j'allais abandonner. J'en ai ressenti une certaine culpabilité et lui ai proposé de boire un verre dans le jardin, le temps était chaud et doux, une soirée de septembre idéale pour goûter les plaisirs de la campagne que nous enviaient les citadins n'ayant que les terrasses étriquées des bistrots, ai-je dit, légèrement consternée par les propos que je tenais puisque j'allais bientôt rejoindre leur cohorte. Jean a acquiescé tout en faisant remarquer que nous ne profitions guère de ce que je vantais, à cause du temps, de nos absences, de nos emplois du temps. Je ne sais pas pourquoi j'ai commencé à lui parler de Charlotte Anslo, sans doute en partie pour repousser ce que j'avais à dire. Je l'avais tenu informé de mon séjour à Neuchâtel sans préciser qui j'y avais rencontré. À l'annonce de son nom il a eu l'air intéressé, m'a demandé des précisions, ce nom lui disait quelque chose, à y réfléchir il avait assisté à un de ses vernissages place des Vosges il y a des années, elle exposait des figurines enfermées dans des cages d'oiseau selon une sorte de rituel funéraire néo-égyptien qui lui avait laissé une impression factice. J'étais sur le point de lui répondre qu'elle n'avait jamais exposé quand m'est venu à l'idée que si je n'abordais pas tout de suite le sujet de notre séparation je n'y arriverais jamais.

Il n'a pas eu l'air surpris, mais peiné, presque soumis. Il en était arrivé aux mêmes conclusions que moi, disait-il, même si ça lui coûtait, au regard de ce que nous avions vécu ensemble et que nous pourrions encore vivre si nous étions moins égoïstes, il n'était pas aussi rapide que moi pour prendre des décisions mais, puisque j'avais déjà tranché, lui-même pensait s'établir près de Nice où ses activités l'appelaient de plus en plus, il n'y avait qu'à mettre la maison en vente et surtout l'annoncer aux enfants qui, il en était sûr, se récrieraient.

Nous étions comme deux empotés dans la douce lumière du couchant, à convenir que les enfants entonneraient leur désapprobation et qu'ils avaient de quoi puisqu'ils perdaient leurs références et l'endroit où ils avaient grandi. Nous ne parlions ni de nous ni de notre vie future, encore moins de divorce et de nos sentiments, intimidés, quasi prostrés, ne sachant comment nous comporter maintenant que nous avions parlé, ne sachant si ces paroles qui allaient devenir des actes étaient exactement ce que nous aurions souhaité qu'elles soient. Dans la nuit qui tombait nous ne parlions que des enfants, Ian allait faire son PHD à Columbia, Olga prolongeait son année de stage à Madrid, Ian vivait depuis deux ans déjà avec une Péruvienne, en sciences sociales comme lui, Olga venait de rencontrer un expatrié comme elle, et nous avons souri de les savoir en couple alors que nous mettions fin au nôtre, soulagés parce qu'ils en prendraient moins ombrage, consolés de leur bonheur nouveau et attristés par le cours que prenait notre conversation puisque nous étions infichus de nommer nos émotions.

Nous avons passé le lendemain à nous répartir nos biens, ce qui était assez facile puisqu'il était acquis que les livres étaient mon domaine et tout le reste le sien. Mon déménagement tiendrait à des dizaines de cartons de papier imprimé et aux quelques meubles indispensables. Il m'aiderait à ranger si je le voulais, mais il savait que je n'y tenais pas, a-t-il ajouté en me serrant dans ses bras et j'y ai pris refuge en sanglotant tant l'idée de notre complicité qui s'achevait m'apparaissait irréelle et absurde. L'idée de fin, l'évocation de la perte, on ne veut rien perdre, jamais, on voudrait vivre sans rien perdre et on sait combien c'est impossible, nous nous serrions l'un contre l'autre dans le désarroi de ce savoir-là, dans la nostalgie déjà de ce que nous avions partagé, dans la peur de vivre l'un sans l'autre, dans le déni de l'éloignement qui nous rendait chaque jour plus étrangers, mes larmes coulaient dans son cou et les siennes baignaient mon front, sans qu'aucun de nous ne cherche à les sécher, c'était une étreinte compulsive dont on ne pouvait se détacher car alors il n'y aurait plus rien.

C'est dans cet état-là que je suis retournée au bureau, enfermée dans une tristesse sans nom, incapable d'y mettre un nom, la fin n'a pas de nom, seule pensée qui m'effleurait et qui bizarrement me consolait par son absurdité. Irène tout excitée par son rôle de médiatrice dans la transaction immobilière ne s'est aperçue de rien, elle avait entendu son voisin transporter sur le palier des tonnes d'objets et attendait impatiemment mon arrivée, ce qui me stupéfia. Prise par la rapidité de ma décision je n'avais pas envisagé que la conséquence serait notre voisinage immédiat et j'en étais mal à l'aise. Non que je n'aie eu d'affection pour elle, Irène était une fille charmante et douée avec qui je m'entendais à merveille, elle était l'auteure de biographies dont le succès variable l'obligeait à exercer à mi-temps le métier de lectrice et disposait d'un certain entregent dans le milieu des historiens et des bibliothécaires, toujours à l'affût de renseignements inédits dont elle me régalait avec une assurance de curieuse professionnelle qui a les moyens de vérifier ses sources, je la consultais quand des informations ou des faits me semblaient hasardeux et je ne l'avais jamais prise en défaut, mais de là à l'avoir pour voisine, je me rendais bien compte que je n'y étais pas préparée.

J'avais envoyé plusieurs messages à Charlotte pour repousser notre rencontre auxquels invariablement elle répondait, comme tu voudras. Le déménagement, la rentrée littéraire, la réaction des enfants à notre séparation avaient requis toute l'énergie dont je disposais. Bizarrement Ian et Olga n'avaient pas réagi négativement à la vente de la maison et n'avaient pas été surpris de notre décision, ils semblaient davantage affectés qu'on ne leur en ait rien dit, qu'on n'ait pas cru nécessaire de les consulter, de les informer, de leur demander leur avis même s'ils se doutaient que depuis leur départ les choses avaient changé, et avaient bien senti combien nous en étions ébranlés. Ils assumaient une sorte de culpabilité envers nous, se sachant disait Olga en partie responsables de cette évolution et disait Ian un peu fautifs de n'avoir vu que leur désir et leurs projets. Ces regrets qui nous concernaient leur père et moi et non la maison de leur enfance dont ils auraient pu nous reprocher de les déposséder m'ont terriblement émue, plus que je ne voulais leur montrer, je n'avais pas pris conscience qu'ils avaient tant grandi, qu'ils étaient devenus des adultes attentifs, lucides et inquiets.

La vente de la maison à un couple avec jeunes enfants nous avait été une consolation, comme nous ils entrevoyaient une vie harmonieuse entre ville et jardin, joies familiales et devenir personnel. Quand nous avions acheté Rambouillet Olga avait à peine un an, elle avait fait ses premiers pas dans le jardin pour tenter de saisir le bout de brioche que son frère lui tendait, nous avions applaudi à ce petit miracle et Ian qui l'avait suscité en était très fier. Depuis il suivait les progrès de sa sœur avec un sérieux d'aîné dont il n'avait pas varié. J'étais envahie de mille souvenirs, la petite robe en vichy qu'avait étrennée Olga pour son premier jour de classe, le chaton dans les bras de Ian qu'il avait trouvé sous le fouillis d'arbustes au fond du jardin, son regard si implorant si convaincant pour qu'on l'adopte et on l'avait gardé, nommé Ada, nom qu'il avait conservé même quand on avait découvert que c'était un matou. Les bicyclettes, les patins à roulettes, les raquettes de tennis qui s'entassaient dans l'entrée et que deux fois par an nous reléguions dans la buanderie pour les voir peu à peu réapparaître sous le grand désordre des parkas, sweaters et baskets. La colère de Jean quand un matin Ian était rentré penaud et blême, il avait embouti pendant la nuit l'arrière de la voiture qu'il avait empruntée après moult déclarations qu'il serait d'une prudence de moine. Le rire d'Olga pour ses quinze ans devant le cadeau de son frère, des gants de boxe qu'elle avait enfilés presto et n'avait plus quittés.

Juste avant d'aller chez le notaire nous nous sommes assis sur le perron, recueillis, silencieux, chacun sachant ce à quoi l'autre pensait, chacun sachant qu'on tirait un trait et qu'on en garderait un étonnement secret, Jean a fini par dire, tu te souviens quand Ada a pissé sur le cachemire que mon père avait oublié sur les marches, et nous nous sommes mis à rire doucement avant de refermer le portail.

J'ai pourtant emménagé rue de la Roquette sans regrets, je n'avais là aucun souvenir, des murs blancs, des bibliothèques, une table bientôt recouverte de manuscrits, tout un monde familier, autosuffisant que le nouvel environnement ne perturbait pas, au contraire, sortir dans la rue, donner rendez-vous sans se soucier des horaires de train ou de l'avancée de la nuit était une liberté nouvelle. Au bout de quelques jours Irène s'était faite discrète, ne sonnant plus à ma porte pour me proposer une aide qu'elle savait que je n'accepterais pas. Qui peut savoir comment vous rangez vos livres, par disciplines, par langues, par ordre alphabétique, par analogies, par préférences, par zones géographiques, par siècles, par foi temporaire dans l'un des classements, par erreur ou par oubli, je crains qu'il n'y ait ni bibliothèque idéale ni rangement qui vaille, à vrai dire je redoute cet ordre impossible et me méfie des gens qui trouvent aussitôt le livre dont vous parlez sur leurs étagères impeccablement ordonnées comme une armée prête au combat. Les livres, la mémoire ont le précieux de l'imprévu, la force agissante de révéler une partie de leur contenu sans que vous sachiez toujours ce que vous y cherchez, vous y accomplissez des épreuves et des rencontres qui tournent court ou vous emplissent de joie et de surprise. J'avais évoqué avec Charlotte Anslo cette disposition à ne pas vouloir maîtriser les livres de sa bibliothèque, à ne pas les tenir pour sa propriété mais à les considérer comme des amis récalcitrants ou bienveillants. Elle disait que cette disposition ne valait pas que pour les livres, c'était une disposition générale qui faisait que pour certains, pour elle comme pour moi, rien n'était écrit dans le marbre mais au contraire maintenait un niveau de flottaison, d'ouverture face au réel qui en agrandissait les failles ou, selon son angle de vision, le générait et que c'est ainsi que perpétuellement on se créait. C'était le dernier soir de notre stage qu'elle avait développé cette idée que je partageais mais qui prenait dans le contexte étrange où je me trouvais une dimension surréelle, cette disposition dont elle parlait m'avait-elle amenée à l'inventer, je n'étais pas à ce point d'irrationnel pour y croire, et trop troublée pour formuler des hypothèses même provisoires. Les vacances de la Toussaint approchaient, le monde de l'édition tournerait au ralenti, je décidais d'appeler Charlotte pour lui annoncer ma visite.

C'était une sorte de grand hangar recouvert de lierre dans le fin fond de Montreuil, muni d'une porte coulissante sur laquelle avait été fixé un jeu de cloches qui tintinnabulaient quand on tirait sur la corde placée à cet effet, avec la mention en rouge fluo « Tire la chevillette et la bobinette cherra ». Charlotte est aussitôt apparue, les cheveux serrés dans un large bandeau, un tablier la recouvrant jusqu'aux pieds. Entre, a-t-elle dit simplement, je commençais à broyer mes pigments. L'intérieur était immense et séparé par des cloisons qui maintenaient l'indépendance de divers ateliers. J'appartiens à une association d'artistes triés sur le volet, confiance, respect réciproque, discrétion, chacun a son jour pour faire du bruit, scier, frapper, tordre, mais seulement avec des outils traditionnels, pas d'engins électriques ni de visiteurs tonitruants. Elle a esquissé un sourire, tu n'en fais pas partie, puis elle s'est faufilée dans un long couloir avant d'atteindre une porte en bois d'un rouge ancien et de déclarer, voici mon domaine que je n'ouvre qu'à de très rares amis. L'intonation où se mêlait une ironie dont je ne savais déceler la fonction m'a brusquement intimidée, se moquait-elle de moi ou m'avertissait-elle que je rentrais dans un lieu sanctifié par elle et interdit aux profanes dont visiblement je ne faisais pas partie. En tout cas je pénétrais dans l'atelier emplie d'une attention craintive qui se mua aussitôt en ravissement. Devant moi un cercle de chevalets et sur chacun le portrait d'un visage aux grands yeux pleins de silence. Ce sont les yeux que j'ai vus avant tout, avant d'observer la matière, le modelé, le halo qui les nimbait, l'usage des couleurs, l'éclat sombre des rouges et des bleus, l'ocre jaune ou l'or qui se détachait d'un cou ou d'une chevelure. J'étais le centre de regards vides qui m'observaient avec tranquillité, qui m'admettaient dans leur intimité immobile, je n'aurais pas dit sereine mais habitée d'une qualité mystérieuse d'éternité. Je restais ainsi clouée un grand moment avant que le bras de Charlotte m'enlace. Tu comprends pourquoi je tenais tant à ce que tu viennes, j'avais besoin de ton premier regard pour savoir si je pouvais exposer. Je n'ai pas pu répondre, toujours subjuguée par cette ronde à quoi bizarrement j'appartenais, ne sachant si j'étais moi ou eux, centre ou périphérie, prise dans cette illusion des sens de me refléter dans chacun d'eux. Il y avait cette magie indicible de ne plus s'appartenir, de ne plus être confiné aux limites de son corps mais de baigner dans un hors-temps qui serait un présent éternel, et je n'ai su dire que, comment as-tu fait ? avec cette interrogation d'enfance face au prodige qui la dépasse.

Quand je revois la scène je reste toujours éblouie par la simplicité de son impact, la mise en œuvre de sa théâtralisation, l'effet fulgurant de sa perspective, la réception immédiate de ce qu'elle ciblait. Elle m'a prise par la main et m'a entraînée vers un vieux fauteuil en cuir où je me suis laissée tomber tout en tremblant. Tu ne peux pas savoir comme je suis heureuse, murmurait-elle, je le savais, je le savais, mais pas à un tel point, maintenant il faut t'en éloigner, tu reviendras plus tard. Et tandis qu'elle me servait un thé derrière un panneau mobile où s'entassaient des toiles dont on ne voyait que le châssis elle a évoqué la technique de son travail, les poudres minérales qu'elle diluait en nuages ou accumulait en écorces épaisses, la qualité du bois qui jouait énormément, qu'elle travaillait à l'ancienne à base de cire d'abeille, et puis bien sûr la dorure à la feuille d'or. J'avais le plus grand mal à me concentrer sur ce qu'elle disait, je ressentais encore la sensation d'appartenance à cette ronde de personnages dont je n'aurais su donner ni âge ni siècle, je ne voyais que leur regard braqué sur moi, la connivence qui nous liait dont je ne pouvais départir ce qui la fondait.

Quand je me suis retrouvée dans la rue, la nuit était tombée, dans chaque halo de lumière que dessinaient les réverbères je voyais flotter des visages immatériels, des sourires tristes et des regard absents dans lesquels je croyais reconnaître parents et amis disparus, tous ceux qui ne sont plus là mais qui vous accompagnent à jamais. La lumière vive et le bruit du métro ont mis fin à cette fantasmagorie, et au fil des stations l'emprise a décliné laissant place à une impression de déjà-vu, de références implicites, un flou de mémoire qui touchait aussi bien à Charlotte qu'aux influences de son travail à l'esthétique si parfaite.

Deux jours après je revenais. C'était un dimanche pluvieux et froid et j'étais bien décidée à reconsidérer les tableaux qu'elle m'avait montrés avec la distance critique de qui a pu mettre des mots sur les choses. Ça m'avait traversé l'esprit alors que je formais les numéros du code de la porte de l'impasse et j'étais allée directement à l'étagère de la bibliothèque où se trouvait l'ouvrage que j'avais en tête. C'était un essai sur les portraits du Fayoum, ces peintures remontant à l'Égypte romaine destinées à accompagner les morts durant leur long voyage. À en contempler les images j'y retrouvais la même placidité expressive, le regard à la fois absent et compatissant, le silence qui les nimbait, l'extraordinaire modernité des traits et l'impossibilité d'y déchiffrer une émotion prédominante. Je me souvenais être allée autrefois au Louvre les observer dans la pénombre de leur installation sans y puiser aucune révélation, que l'afflux des touristes qui déboulaient au pas de course aurait de toute manière dévastée. À feuilleter l'ouvrage j'étais autant émue que contrariée. Il y avait une telle proximité avec ce que j'avais vu dans l'atelier de Charlotte qu'il me semblait qu'elle aurait pu nommer ses sources. Bien sûr les coiffures, les habits, les bijoux, du moins ce dont je me souvenais, ne relevaient pas du même univers, le dessin des lèvres était tout autre et le fond de la toile était pigmenté, peut-être pixellisé, mais l'impression générale était tout aussi fascinante, dans cet entre-deux du vivant qui niait autant le temps que la mort.

Charlotte n'a pas paru surprise, ni par mes reproches ni par mon admiration réitérée, les tableaux étaient toujours installés en cercle, j'y distinguais des expressions nouvelles, certains semblaient manifester une forme de contrariété, d'autres de plénitude, d'inconscience juvénile ou d'expérience millénaire, mais leur regard vous pénétrait de leur fixité indéchiffrable, vous attirait dans leur monde muet, exerçait cette fascination immuable de l'œuvre d'art dont vous savez qu'elle vous est destinée, et si je ne ressentais plus l'attraction fatale qui m'avait saisie deux jours avant j'éprouvais le même sentiment à la fois de familiarité et de dépassement de soi.

J'avais besoin de ton regard vierge, de ta présence nue face à mes vivants, je ne voulais pas que tu puisses les qualifier, les interpréter, a-t-elle dit, je voulais que tu plonges, que tu sois happée, charmée ou rejetée par eux, un tableau a sa vie propre et ne se donne qu'à ceux qu'il veut, il a des trésors de sauvegarde pour brouiller les yeux de ceux qu'il ne supporte pas et qui n'auront pas accès à ce qu'il montre. J'ai mis beaucoup de temps à le comprendre, j'ai passé des jours entiers dans les musées à observer les gens, leur indifférence, leur intérêt de culture générale, et parfois leur arrêt soudain, inexplicable aux autres, qui les faisait incessamment revenir vers la toile sans pouvoir s'en détacher, la quittant à regret, à pas lents comme s'ils s'arrachaient à une présence aimée, comme s'ils recueillaient en eux la vision qu'ils en avaient pour en supporter l'absence. Tu connais la légende sur l'origine de la peinture, du portrait ? C'est pour pallier l'absence de l'être aimé qu'on l'a représenté, pour retenir l'absent, celui qui s'en va au loin ou dans la mort. Pline l'Ancien l'a immortalisée dans son récit sur le potier de Corinthe, dont la fille était amoureuse d'un jeune homme qui devait se rendre à l'étranger. Avant son départ elle a entouré d'une ligne l'ombre de son visage projetée sur le mur par la lumière d'une chandelle, et son père avec l'argile de son tour en a composé les reliefs. Depuis très longtemps je suis sensible à ce viatique, depuis la mort de ma sœur Cordelia, elle allait avoir dix-neuf ans, j'en avais seize, nous étions si proches et si complémentaires, la leucémie ne pouvait pas l'emporter, j'ai commencé à faire des dizaines de dessins d'elle, des portraits en buste le plus souvent, mais mon chagrin ne se dissipait pas, au contraire chaque dessin l'attisait, je me suis alors inscrite aux Beaux-Arts et j'ai peu à peu cessé de griffonner, face aux chefs-d'œuvre je ne faisais pas le poids, je n'avais pas la capacité de rendre vivant ce qui ne l'était plus, je n'avais ni le génie ni la patience ni la discipline pour ça. J'ai alors tout arrêté et je suis repartie à Oxford là où mon père avait enseigné, là où Cordelia et moi avions connu une enfance heureuse d'exilés privilégiés, sur ce campus clos et parfait où les codes fonctionnent comme les Tables de la loi.

J'avais choisi la théologie, reléguant l'histoire de l'art aux oubliettes, si j'y étais naturellement confrontée je ne cherchais dans la statuaire ou la peinture que les symboles et représentations livresques. Je passais mon temps entre salles de cours et bibliothèques, aveugle à la vie des étudiants, sourde aux appels de mes parents qui me priaient de les rejoindre pour les vacances scolaires. J'aimais le campus vide, le ciel gris, les lampes à opaline des endroits réservés aux livres, ma chambre en bois sombre où je n'invitais jamais personne. C'est à la fin du second semestre que sortant du réfectoire je suis tombée sur l'assistant en histoire comparée qui nous suivait par petits groupes, il m'a arrêtée pour me présenter un type blond et longiligne désirant me connaître. Il a suivi les cours de ton père ici et voulait avoir de ses nouvelles, a-t-il dit de son débit accéléré avant de s'éloigner. C'est ainsi que j'ai connu Alex, deux mois après nous étions mariés – Charlotte s'est mise à rire devant mon étonnement –, quand je pense que j'ai passé là-bas tant d'années à vivre une vie d'un autre âge dans un huis clos que rien ne pouvait perturber, tu ne l'aurais sans doute jamais supporté.

Quand elle m'a raccompagnée à la porte du hangar elle m'a demandé mon adresse à Rambouillet pour m'envoyer l'invitation à son prochain vernissage, elle n'était pas encore sûre du lieu ni de la date mais avait pris contact, une fois mon départ, avec différentes galeries, elle attendait une heure plus tard le directeur de l'une d'entre elles. Et quand je lui ai expliqué que depuis l'été beaucoup de choses avaient changé pour moi, que j'habitais Paris et que j'y vivais seule, la seule remarque qu'elle ait faite c'est qu'ainsi nous pourrions nous voir plus souvent ; et puis après un temps d'arrêt, je ne pourrai jamais quitter Alex, je n'ai rien fait pour qu'il entre dans ma vie mais puisqu'il y est ce serait insupportable qu'il en sorte.

Sur le quai du métro je n'arrivais pas à démêler les sentiments qui abondaient, je comprenais le rôle que j'avais joué pour Charlotte, l'agent déclencheur qui lui permettait d'exposer par la seule expression de mon émerveillement, mais cet émerveillement était désormais brouillé par l'usage qu'elle en faisait, à quoi s'ajoutait un éclairage nouveau, cette ronde de portraits à ma seconde visite m'enchantait et me résistait, leur frontalité, leur quiétude, leur discrétion m'apostrophaient et m'intriguaient, ils se taisaient, sans un sourire, sans nul éclat dans leurs yeux vides, ils ne demandaient rien, leurs visages étaient comme la porte d'entrée d'un monde invisible, si l'on en franchissait le seuil on serait aspiré à tout jamais. La porte de la rame s'est ouverte à cet instant et j'ai eu l'impression en montant que j'accédais à un territoire désirable et incertain. Je me suis assise sur la banquette la plus proche, face à moi un type battait du pied tout en hochant la tête, les écouteurs vissés aux oreilles et les yeux fixes. Je l'ai contemplé dans son monde intérieur dont je ne percevais que des indices infimes, un frémissement des lèvres et des paupières, un tic sur la joue droite, une amplitude du mouvement de la tête, et j'ai su ce qui m'avait frappée dans les portraits du Fayoum et dans ceux de Charlotte, la mort y donnait rendez-vous et le rendez-vous était pour vous.

Jusqu'à Noël j'ai enchaîné la lecture des manuscrits, les réunions de programmation, les rendez-vous avec les auteurs, les comités de lecture avec une énergie redoublée. Je n'avais pas appelé Charlotte, elle n'avait pas cherché à me joindre, je n'avais guère avancé dans l'énigme qu'elle représentait, m'en remettant au hasard et au temps. Deux indices sont apparus la même semaine de décembre. Le premier par l'intermédiaire d'une romancière qui s'annonçait par téléphone pour l'après-midi tant ce qu'elle avait à me dire était incroyable. Elle travaillait à un roman sur les Russes blancs durant la Première Guerre mondiale et la bataille de la Marne et plus spécifiquement sur un jeune appelé qu'elle avait nommé Andreï Popov, elle avait eu rendez-vous la veille avec un historien spécialiste de l'époque pour savoir si son récit correspondait à la vérité historique. L'universitaire l'avait reçue chez lui, avait fouillé dans ses dossiers pour en extraire les rares photos où l'on voyait pioupious français et russes et lui avait tendu la photo d'un groupe de soldats légendée de leurs noms, le troisième à gauche, pas plus de dix-huit ans, portait le nom d'Andreï Popov. Comment avait-elle pu extraire de son cerveau le prénom et le nom d'un soldat russe inconnu au bataillon et même du spécialiste universitaire ? C'était, lui dis-je, confondue par le parallèle avec ma propre histoire, l'étrange pouvoir visionnaire de l'écrivain et lui seul pouvait y déchiffrer un sens. Tu crois que ça a à voir avec les morts ? Ce serait leur façon de nous interpeller, a-t-elle ajouté, dans ma maison à la campagne il m'arrive la nuit d'entendre un fantôme et un voisin m'a dit depuis que l'ancien locataire s'y était pendu.

Le second indice vint de mes lectures nocturnes. Je lisais le roman de Leonardo Padura, *Hérétiques*, quand à la page 191 où l'auteur évoquait l'enterrement de l'épouse de Rembrandt, Saskia, je tombais sur le passage suivant : « Trois de ses meilleurs amis se trouvaient en tête du cortège : l'un était Cornelis Anslo, prédicateur calviniste de la secte des mennonites, l'autre Menasseh ben Israël, juif, ex-rabbin et expert cabaliste, et le troisième, le catholique Philips Vingboons, l'architecte le plus sollicité et le plus reconnu de la ville. » Dans un premier temps je dois dire n'avoir pu terminer la phrase, cet Anslo qui apparaissait le 14 juin 1642 aux côtés de Rembrandt m'a fait lâcher l'ouvrage, j'avais beau relire, Anslo n'était pas un fantôme de lecture mais un personnage historique dont je ne me souvenais aucunement l'avoir déjà rencontré. Je suis restée toute la nuit hébétée à contempler ce nom, le répéter à haute voix, comme si la répétition de ce nom, Anslo, pouvait éclairer le fait que je l'ai pris pour pseudonyme et que j'en ai rencontré la descendante. Au petit matin je suis allée voir sur internet, l'entrée Anslo était associée à l'entrée Rembrandt et pour cause, Rembrandt avait dessiné et peint le prédicateur dans un célèbre tableau, *Le Ministre mennonite Cornelis Claesz Anslo et son épouse Aeltje*, 1641, qui se trouvait à Berlin. Tout ce qu'on évoquait de lui relevait de la même veine, riche marchand drapier au prosélytisme religieux, et toutes les cotations des œuvres de Rembrandt à son sujet. Je n'apprendrais rien de plus

Je me suis rendue à mon bureau, pas tout à fait sûre de n'être pas en plein milieu d'un rêve nocturne que le nom d'Anslo aurait suggéré, la seule manière de m'en assurer c'était de demander à Irène si elle pouvait faire une recherche pour moi, j'avais, lui dis-je, un manuscrit dont l'intrigue reposait sur l'amitié de Rembrandt et d'un certain Anslo dont je désirais vérifier si elle était authentique. Irène a accepté, la tête un peu ailleurs, elle ne pourrait s'y mettre qu'après les vacances de Noël, elle partait rejoindre à Rome un homme qu'elle n'avait vu que trois fois, dont elle ne savait pas s'il lui plaisait mais il l'avait invitée et ça lui donnait un bon prétexte pour se soustraire aux fêtes de famille. J'ai hoché la tête en signe de compréhension, même si j'allais rejoindre à la montagne Olga et Ian dans le chalet d'une de mes tantes, nous y serions nombreux comme tous les ans, heureux de cette parenthèse, heureux de nous y retrouver tous et d'y fêter l'année.

J'avais emporté avec moi le carnet de notes que je tenais et le manuscrit de Charlotte Anslo, ou pour être plus exacte celui qui portait son nom et qui avait pour titre provisoire *Dans le silence des ancêtres*, je n'en étais pas satisfaite mais finalement peu importait puisqu'il avait rejoint dans mes tiroirs les autres fictions que j'avais écrites. Je m'étais promis de le relire attentivement en m'attachant à y découvrir la moindre trace qui m'amènerait à en comprendre la relation avec Charlotte. Le sujet m'en était venu après avoir vu une pièce de Peter Handke sur la Carinthie de son enfance durant la guerre, sa mère était slovène, et de ce fait cible privilégiée des nazis, et elle avait eu son fils de l'ennemi allemand. Ce qui m'intéressait, parce que je n'y connaissais rien et n'avais jamais appris la langue allemande, c'était le non-dit de l'histoire de cette Europe centrale, les jeunes qui ont grandi après 1945 dans le silence des ancêtres et le désir de fuir. Je m'étais mise à lire les Autrichiens de Carinthie, Ingeborg Bachmann en particulier, et quand j'avais découvert sa correspondance avec Paul Celan, j'avais été frappée par leur amour si fort, leur destin parallèle et leur mort brutale, elle à Rome en 1973 et lui par noyade du pont Mirabeau en 1970. Je voulais explorer ce que je ne comprenais pas, eux qui étaient hantés par la guerre, lui dont les parents étaient morts dans les camps, elle dont le père était nazi, eux qui étaient nés de la poésie en langue allemande, qui la portaient à ce point d'absolu et d'expressivité, qui s'aimaient sans avoir jamais vécu ensemble sinon ces quelques mois du printemps 1948 à Vienne, qui avaient mené chacun une œuvre si exigeante. Toute leur vie ils avaient maintenu une correspondance fiévreuse, le mariage de Celan, la naissance de son fils, sa vie à elle avec Max Frisch n'avaient pas mis fin à leurs échanges qui s'embrasaient ou se résorbaient en oscillations amoureuses infinies. Il était devenu lecteur d'allemand à l'École normale supérieure de la rue d'Ulm, elle parcourait le monde, donnant des conférences très courues. En 1960 il reçoit le prix Georg-Büchner et elle quatre ans plus tard. Des années qui les voient tous les deux sombrer, lui est obsédé par le plagiat dont l'accuse Claire Goll et est interné, comme elle après sa rupture avec Max Frisch. Toujours ce jeu de miroirs entre eux, et la vie qui court devant eux qu'ils ne savent pas retenir. Je ne comprenais pas cet amour entre Bachmann et Celan, un amour si généreux de sa part à elle, fait de dessaisissement de soi, d'immersion dans l'autre au point de s'oublier, et de sa part à lui déclaratif, incomparable et foudroyant dans ses formulations, se nourrissant de son absence à elle, de sa souffrance à lui et de sa fuite éternelle. Je ne comprenais rien à leur amour. C'est dans cet état d'esprit que je me suis attelée à l'histoire de deux poètes adulés et maudits sans les nommer, je ne voulais pas et ne savais pas écrire une biographie, je voulais creuser le sillon de leur perte. La rencontre avec Charlotte dont les parents avaient été si proches d'eux dans leur jeunesse m'avait tétanisée au-delà même de l'étrange coïncidence du patronyme Anslo, qui ne m'était peut-être pas apparu de façon si surprenante, j'y reviendrai sous peu. J'en étais là de mes ruminations face à la fenêtre grande ouverte de la chambre que ma tante m'avait attribuée sachant combien j'aimais les pièces sous les combles donnant sur le ciel qu'il soit couvert ou non, je me tenais accoudée à la table, incapable de lire les feuillets devant moi quand a surgi malgré le froid et ma présence un moineau. Il voletait à coups d'ailes rapides, se cognait contre les murs, remontait au plafond puis plongeait à nouveau pour redresser son vol sans trouver la sortie, effrayé, buté, frétillant, repartant sans cesse à l'assaut pour enfin s'envoler vers l'azur. J'étais témoin de son épreuve, de cette incarcération involontaire, la pièce était bien trop étroite pour l'oiseau qu'il était et j'eus le sentiment que nous autres humains nous étions les prisonniers consentants de nos demeures, heureux de leurs limites, de notre claustration qui nous évitait l'envol lointain, le risque des bourrasques, l'appel de l'inconnu.

J'étais redescendue de ma chambre, sans doute l'air hébété car ma fille m'a demandé si j'allais vraiment bien. Olga avait changé, je ne reconnaissais plus la fille insouciante, préoccupée de son seul avenir, toujours à l'affût de nouvelles perspectives, son stage chez Christie's allait sûrement déboucher sur un contrat et elle pouvait être nommée à Londres, à Paris ou à Singapour, ce qu'elle ne souhaitait plus depuis qu'elle avait rencontré Nestor, elle se voyait bien vivre quelques années à Madrid, une ville qu'elle avait appris à aimer, ouverte, joyeuse et agréable sauf l'été. Ce qui me surprenait c'était cette attention anxieuse qu'elle me portait désormais. Lors d'un court week-end à Paris pour découvrir mon appartement elle m'avait répété qu'il ne fallait pas que je m'enferme trop, qu'elle savait combien j'aimais la solitude mais qu'elle appréhendait un trop grand repli, déjà à Rambouillet, m'avait-elle dit, tu disparaissais dans ta chambre et n'en sortais que si on t'y obligeait, ne prends pas cet air étonné, c'était la plaisanterie de mes copines, ta mère ou on ne la voit pas ou elle a l'air allumé, et maintenant que vous êtes séparés tu pourrais bien virer autiste. J'avais souri de sa soudaine sollicitude, elle qui durant des années passait le plus clair de son temps à l'extérieur, en stages de boxe, en ateliers photo, en virées entre amis et semblait se satisfaire de nos agendas bien remplis qui lui laissaient toute liberté.

Elle était venue seule, Nestor était en Charente chez ses parents, et avait visiblement décidé de me consacrer le temps qu'elle ne passerait pas sur les pistes de ski. Je ne l'y accompagnerais pas, je préférais de loin marcher et contempler le panorama de cimes le nez au vent et puis j'avais du travail, lui dis-je, que je ne pouvais abandonner sous peine de devoir m'y atteler deux fois plus à la rentrée. Elle n'a pas protesté, seulement dit, depuis que je suis petite je t'ai toujours entendue dire ça, c'est ta façon de te protéger de nous, mais maintenant que la famille a éclaté tu n'as plus besoin de cet alibi. J'allais lui répondre que ce n'était pas un alibi mais que c'était ma vie quand la porte du salon s'est ouverte sur Ian et Monica qui revenaient de leur première balade en raquettes, les joues rouges et le regard brillant. Ils ne restaient que quelques jours, ils finiraient leurs vacances à Nice où Jean s'était installé, il avait loué un appartement dans une villa sur les hauteurs qui donnait sur la baie. Je ne l'avais revu que deux fois, la première pour visiter ma tanière, la seconde, la veille de mon départ, il était de passage à Paris et me demandait si je pouvais prendre un verre. On s'était retrouvés dans un café de la Bastille sans trop savoir comment se comporter, je me disais qu'on devait ressembler à ces blind dates, le premier rendez-vous après chat sur internet, quand on ne sait pas par quoi commencer pour masquer le désappoint face à cet autre qu'on aurait voulu plus attirant. Je lui avais dit ce à quoi je pensais et il n'avait pas manifesté l'humour que j'attendais, arrête de déconner, ça fait presque trente ans qu'on se connaît et ce n'est pas facile de se retrouver. Avait suivi un blanc que les nouvelles des enfants avaient rompu, puis le récit de son installation, puis des informations sur nos amis communs, je sentais bien qu'il cherchait à me dire quelque chose qui ne venait pas et qui bloquait toute discussion. J'avais alors enchaîné sur Charlotte Anslo dont j'étais allée visiter l'atelier qui m'avait énormément impressionnée, dis-je, mais ne m'avait-il pas dit avoir vu une de ses expositions, ce qui me surprenait puisqu'elle prétendait n'avoir jamais exposé. Il avait alors eu l'air heureux de la diversion, je m'en souviens très bien, j'ai retrouvé en classant tout mon barda de papiers son catalogue et je me suis rappelé pourquoi j'y étais allé, j'y accompagnais Marc, tu sais mon copain photographe, il était amoureux de la fille à l'époque, elle le rendait dingue, il sortait avec elle mais n'avait le droit de la voir que certains soirs de la semaine, toujours chez lui, il ne savait même pas où elle habitait, ça n'avait pas duré longtemps, du jour au lendemain elle l'a jeté et n'a plus jamais répondu à ses messages. Son catalogue m'a remis tout ça en mémoire, des cages à oiseaux dont certaines recouvertes de tissu noir, un truc entre Annette Messager et Louise Bourgeois, avec des amulettes et des petits squelettes accrochés aux barreaux et des légendes crypto-égyptiennes sur l'âme oiseau et Hermès Trismégiste.

Nous nous étions quittés en nous tenant les mains, sa poigne écrasait mes phalanges puis s'est assouplie, je retenais ses doigts sans savoir quoi faire d'autre puis sa paume a glissé lentement et lorsque le contact a cessé nous nous sommes retournés sans un adieu. J'étais remontée chez moi avec le fantôme de cette étreinte, sa familiarité et son étrangeté, je connaissais tant le bosselé de l'index, la cicatrice à la base du pouce, il avait failli le perdre en découpant une pintade, le couteau avait dérapé, le sang avait giclé et nous avions attendu aux urgences qu'un interne le recouse, qui répétait en vrille ça c'est du pot, pour sûr c'est du pot, et on avait régalé famille et amis de cette formule stupide pendant des semaines, tout en marchant je revoyais la scène, nos fous rires, sa main bandée sur laquelle il avait dessiné des yeux et une bouche à la plus grande joie d'Olga qui venait d'avoir quatre ans.

Ce n'est qu'en préparant mes bagages, en plaçant dans la valise le manuscrit de mon roman que l'hypothèse m'est venue, ce nom Charlotte Anslo je l'avais sans doute entendu de la bouche de Jean sans y prêter attention, se pouvait-il qu'il soit resté fiché dans ma mémoire et qu'il en soit sorti comme on se réveille d'un long sommeil ?

Janvier a toujours été un moment important dans l'édition, on y prépare la rentrée de l'automne, on sait déjà quels sont les auteurs importants qu'on aura à défendre même si certains ont pris du retard et ne savent pas s'ils pourront rendre leur texte à temps, on guette fiévreusement l'arrivée de nouveaux manuscrits qui pourraient s'avérer des chefs-d'œuvre. Je travaillais depuis de longs mois sur des versions chaque fois différentes d'un gros roman dont l'auteur, à chaque suggestion que je lui faisais, en modifiait la perspective, les personnages et l'intrigue. Je devais redoubler de vigilance tant je me trouvais confrontée à de nouveaux épisodes qu'il semblait écrire dans une fuite éperdue pour ne pas reprendre ce qui faisait problème. Nous nous en étions expliqués et il m'avait avoué qu'il ne pouvait avancer qu'en développant de nouvelles pistes, sachant que je serais là pour le remettre au pas. Sa dernière version était une réussite, il ne restait qu'à pratiquer quelques coupes et à revoir les noms des personnages dont il changeait sans cesse. Mais pourquoi as-tu encore modifié le nom de Sarah, lui avais-je dit en ce lundi ensoleillé, tu l'as appelée Julie puis Sandra et maintenant Nora, je n'arrête pas de m'y perdre, quant à Leo il est redevenu Lucien et tu as attribué à Max le nom de son ancien associé, ce qui fait que je les confonds tous et que je n'arrive plus à m'y repérer. Il avait l'air tout penaud de l'autre côté du bureau, sans pouvoir justifier ce qui l'amenait à les baptiser, rebaptiser dans ce mouvement incessant pour les faire exister. Richard, c'est important les noms, primordial, ai-je ajouté, tu ne peux pas les sortir de ton chapeau en pensant qu'ils sont interchangeables.

Quand il est sorti après m'avoir promis de me donner une ultime version où chacun aurait son nom gravé dans le marbre, n'y voyant à l'évidence qu'un problème sans gravité, n'ayant en tête que ce mot de réussite que j'avais prononcé, qui le soulageait de tant de mois de travail acharné pour venir à bout de sa fiction, je suis restée affalée dans mon fauteuil, le regard vide, repensant à mon irritation face à ces changements successifs de prénoms et de noms. Ne savait-il pas la valeur du nom, n'importe quel ouvrage de psychologie et d'ethnologie en faisait état, nommer c'est créer du vivant et en avoir la responsabilité. Moi qui vivais dans la hantise de celui de Charlotte Anslo je ne supportais plus qu'on en use inconsidérément. Il y avait les noms propres, les prénoms, les noms secrets, les pseudonymes, les sobriquets, dans certains clans du Sénégal l'enfant peut porter jusqu'à cinq noms dont celui de l'ancêtre et celui que le devin a insufflé dans le rêve de sa mère. M'est revenu alors le petit nom que me donnait ma grand-mère maternelle, elle m'appelait Mademoiselle Pervenche et j'en étais très fière, de ce nom de fleur qui qualifiait une forme d'état à part, une lenteur à réagir au monde des adultes comme si je n'étais pas concernée. Et il y avait le surnom dont m'avaient affublée mes camarades de classe à mon arrivée en sixième vu mon état distrait et lunaire, qui renvoyait à un être mi-obscur mi-demeuré, comme un Golem à qui manque le souffle divin, qui colle encore à la glaise, à l'indéterminé. Les élèves m'appelaient Gob, Gob pour gobe-mouche, Gob n'était pas vraiment un nom mais une interjection dont on doutait qu'on y réponde. Je comprenais parfaitement ce que les autres enfants avaient en tête, j'y souscrivais, je savais reconnaître la clairvoyance au-delà de la méchanceté. Gob s'opposait à Mademoiselle Pervenche comme l'école aux vacances d'été, d'un côté l'être ingrat d'avant la parole, de l'autre la fleur qui vit sa vie de silence et de floraison muette. Bouche ouverte face aux mystères du monde, accueillant l'air sans cracher les mots, avec tout le comique de situation de l'inadéquation, je me retirais en Gob soulagée de ce qualificatif qui me donnait la liberté de me réfugier dans mon espace secret où j'étais une personne et je n'étais personne.

Je n'ai eu par la suite ni diminutif ni surnom, à la sortie de l'enfance j'avais, j'imagine, les attributs flottants de tout adolescent dont la métamorphose s'accomplit avec joie ou effroi sans requérir plus d'attention. J'aurais sans doute poursuivi la ronde de mes pensées si le téléphone n'avait pas sonné. C'était Richard, excuse-moi de te déranger, je suis devant la bouche du métro, j'ai oublié de te remercier pour tout le travail que tu fais et puis je voulais te demander, en marchant je me suis dit et si plutôt que Sarah je l'appelais Charlotte, tu en penses quoi ? Je crois que quand il a raccroché il n'a pas vraiment compris pourquoi je riais tant, mais je suis restée ferme, Sarah était un bien meilleur prénom et en plus, ai-je ajouté, c'était celui que spontanément il avait donné à son personnage. Je riais encore quand Irène est entrée, tu as bien de la chance de te marrer, je viens de finir un truc hyper lourdingue écrit avec les pieds par un banquier, qu'il situe à Ushuaïa avec tous les clichés des paradis extrêmes, du retour à la nature et de la valeur de l'épreuve, je n'en peux plus, tu as le temps de déjeuner ?

Je ne l'avais pas revue depuis son retour de vacances, elle avait prolongé de quelques jours son séjour romain et s'était ensuite enfermée à lire pour compenser le retard pris. Nous nous sommes assises au fond de l'italien qui nous servait de base arrière, quand l'un de nous était en panne de déjeuner il rejoignait le groupe. Il n'y avait personne d'autre que nous et en lançant son sac sur la chaise face à elle Irène m'a avertie, ne me demande rien sur ton Anslo, pas eu le temps, et je te connais, si tu étais pressée tu m'aurais envoyé au moins dix textos. Ce n'était pas vraiment faux et méritait qu'elle s'en moque. Elle portait des boucles d'oreilles en or martelé que je ne lui avais jamais vues, qui apparaissaient, disparaissaient sous ses mèches brunes et attiraient inévitablement le regard. Cadeau, tu t'en doutes mais je les ai choisies, tu t'en doutes aussi, a-t-elle commenté en lisant le menu. J'aimais bien et sa retenue et sa loquacité, elle pouvait passer de l'une à l'autre ou garder le silence ou se mettre à parler selon ce qu'elle avait à dire ou voulait vous dire. Elle a attendu de finir ses lasagnes, de commander nos cafés avant de constater : ça va peut-être te surprendre mais tout s'est très bien passé. Franco était un type exquis qui lui avait loué une chambre d'hôte près de son domicile, il travaillait dans un ministère et elle avait ses journées à elle pour visiter à son rythme, ils avaient passé Noël et le jour de l'an dans une propriété au nord de Rome qu'un de ses amis retapait, un ancien monastère dans une terre à vignoble. Elle a hésité avant de poursuivre, je ne sais pas si je fais bien de te le dire mais le dernier soir on était au restaurant et j'ai vu ton ex se lever de table, il est sorti avec une blonde sans me voir. J'ai aussitôt rassuré Irène, Jean m'en a averti juste avant les fêtes, il ne voulait pas que je l'apprenne par les enfants, ai-je même ajouté en allumant ma cigarette.

J'avais reçu l'invitation de Charlotte pour son exposition rue de Turenne en milieu de mois, elle y avait inclus un mot me demandant de la contacter, elle avait besoin si je ne m'y opposais pas de conseils pour mettre au point son texte de présentation mais préférait qu'on ne se voie pas dans son atelier. Nous nous sommes retrouvées dans un petit café de la rue Keller qui allait devenir le quartier général de nos rencontres chaque semaine, selon le rituel qu'elle avait fixé et auquel je me pliais scrupuleusement même si j'arrivais souvent avec quelque retard, la rejoignant toujours assise à la même table et griffonnant quelques croquis qu'elle enfouissait dans son sac à mon approche. Cette première fois elle m'avait parlé du pop art, de la peinture chinoise, des autoportraits de Rembrandt et de la nécessité d'avoir le cœur vide quand elle commençait une toile. La subjectivité avait-elle dit est un va-et-vient entre le virtuel et l'actuel, le virtuel c'est la réserve d'où sortent nos pensées et nos actes, tantôt un grand vide tantôt une confusion obscure et féconde et il n'y a pas de pensée sans mise en jeu du corps. J'aimerais que tu m'aides à formuler mon avant-propos au catalogue, j'ai les images en moi, les idées mais j'ai toujours du mal à les écrire, c'est comme si j'avais peur de les épingler et de n'avoir que des corps morts et desséchés, je pars soit dans l'abstraction soit dans un lyrisme désuet, truffé d'épithètes qui sonnent juste pour moi mais restent hermétiques aux autres. J'ai toujours eu ce problème à l'écrit, mes profs aux Beaux-Arts me le répétaient sans que je réussisse à vaincre l'obstacle, ils disaient que les premières lignes les enchantaient mais qu'ensuite je me perdais dans un fatras de références, de métaphores de plus en plus absconses. Et avant eux Cordelia se moquait de mes lettres dont elle entrevoyait le sens parce qu'elle me connaissait mais défiait quiconque de les comprendre, et je crois bien que c'était vrai et que ça continue de l'être. À sa mort avec qui aurais-je pu désormais échanger, ma mère était dévastée par le chagrin, mon père incapable de l'atténuer, je ne pouvais me rapprocher ni de l'un ni de l'autre, de lui encore moins depuis l'aveu qu'il m'avait fait, deux mois avant que Cordelia tombe malade, de cet amour envahissant, de ce dilemme désastreux qui pour moi en avait résulté sans que je puisse m'en ouvrir à ma sœur. Sa mort si rapide m'en a empêchée, peut-être si elle avait vécu aurait-elle pu m'en sortir mais ensuite tout s'est mêlé dans un abîme de non-sens dont je crois n'être jamais sortie.

Elle m'avait regardée, les pupilles étrangement dilatées, tu as quelque chose qui lui ressemble, ta manière d'écouter, de me laisser parler, le front haut qui se ride sous la perplexité, le regard qui se dérobe quand on veut l'attacher, même la mimique que tu fais quand tu es agacée. Une sœur plus âgée a un pouvoir extrême, après ça on ne peut plus avoir d'amies, j'ai essayé, ça n'a jamais rien donné, ce n'était pas une présence physique que je demandais ni une allégeance, pour ça les garçons me convenaient, c'est une alliance que je voulais, qui me manquait. Quand Alex m'a demandée en mariage je n'étais sortie que quelques fois avec lui, je ne voyais personne, je vivais en recluse et je ne trouvais pas quoi lui opposer. Ça simplifierait les choses, j'avais vingt ans, un statut douteux d'étudiante, lui était enseignant, ancien élève de mon père, ce qui rassurerait la famille, je n'aurais plus d'appels inquiets, de questions inutiles. Tout me convenait, la maison et sa large pelouse, les parents du Yorkshire qu'on allait visiter deux fois l'an, le labrador qui jappait quand je prenais sa laisse, les collègues qu'on invitait le vendredi, tout ce train-train qui crée des apparences confortables et qui aurait tenu s'il n'y avait eu ce poste à New York qu'il ne pouvait qu'accepter. Ça a été pour moi un choc cette ville, un réveil de ma trop longue torpeur, un courant d'énergie, je venais d'achever quatre années d'études qui ne pouvaient déboucher sur grand-chose et ça tombait à point. J'ai repris le dessin, essentiellement des esquisses de paysages, d'immeubles ou de maisons, la familiarité des rues m'étonnait, j'y étais chez moi, je déambulais carnet en main ou appareil photo en bandoulière sans souci du jour d'après. J'avais découvert à deux blocs de l'appartement un café avec des banquettes en moleskine rouge où je passais des heures à lire, à crayonner, à observer les passants et les habitués, c'est là qu'un jour Peter s'est penché sur la table que j'occupais en me demandant la permission de regarder mes croquis. Désormais il m'y retrouvait, il me conseillait les expos dont il rendait compte dans un bulletin confidentiel à usage des galeristes, des marchands et des collectionneurs. Un soir il m'a proposé de l'accompagner au domicile de Louise Bourgeois, tu penses si j'ai accepté. Elle habitait près de l'Hudson une maison étroite et haute qui avait dû loger autrefois les marins de passage, c'était un bric-à-brac sans confort qui n'était pas son atelier mais où elle peignait et dessinait assise sur une antique chaise bleue. Nous avons dû rester à peine une heure, elle répondait aux questions de Peter avec simplicité, attention et réserve. Puis elle s'est énervée, s'est levée en agitant les mains, Peter l'avait interrogée sur Marcel Duchamp et visiblement ça l'agaçait. Elle s'est retournée vers moi, m'a regardée bien fixement avant de déclarer, j'espère que vous n'avez pas pour lui cette vénération des sots, il a disqualifié deux générations d'artistes, à vous de reprendre le flambeau, et elle nous a mis doucement à la porte. Nous sommes redescendus en silence, Peter m'a embrassée, il devait écrire son papier et j'ai glissé dans le flot des passants, des voitures et des bus sans savoir où j'allais. C'est depuis ce jour-là que j'ai recommencé à vivre, enfin sans vouloir être grandiloquente, que j'ai compris ce qu'il me fallait faire pour me sentir vivante.

J'avais quitté Charlotte à contrecœur, la laissant devant son verre de chardonnay à peine entamé alors que le mien était vide depuis longtemps, j'avais un rendez-vous téléphonique avec mon fils à qui je n'avais pas parlé depuis son retour de vacances, le décalage horaire ne facilitant pas les échanges, soit il était trop tôt pour lui soit trop tard pour moi, et me doutant de l'objet de la conversation j'essayais d'endiguer le flot de réminiscences qui m'avaient envahie au café. Si la rencontre d'une grande artiste l'avait remise sur la voie, j'avais trouvé la mienne au hasard de retrouvailles dans la rue de l'Odéon, je revenais d'un long séjour en Inde et de plusieurs mois en Ariège où j'avais mûri un étrange roman sur un vieillard dont on ne savait s'il était dément ou sage, je n'avais plus de quoi vivre, j'avais dépensé tout mon héritage et j'étais remontée à Paris en quête d'un travail rémunéré. L'amie que je venais de retrouver sortait de la maison d'édition où elle était correctrice et m'avait proposé de m'introduire dans un milieu dont je ne connaissais jusqu'alors que les lettres de refus qu'on m'avait adressées pour mes deux premiers romans. À faire mes gammes sur des manuscrits et des épreuves, à en redresser la syntaxe, les impropriétés ou les invraisemblances j'ai aussitôt ressenti une joie et une utilité, on me payait pour lire et annoter, apprendre et conseiller, recevoir et donner, j'en éprouvais de la stupeur et de la reconnaissance. La patience, l'humilité, la modestie et le savoir qui président à ce type d'activité m'avaient donné les bases pour devenir éditeur, exercer son jugement sans volonté de puissance, avoir l'assurance du diagnostic sans vouloir se substituer à l'auteur. Éditer un texte c'est être en deçà et au-delà de son projet, ne pas le prendre pour sien mais le ciseler comme si c'était le sien. Ce hasard-là de la rencontre qui m'avait mise sur le chemin que je poursuis, de même que pour Charlotte n'avait rien du miracle qui s'abat sur le béotien, c'était pour l'une et l'autre l'aboutissement d'expériences et de connaissances qui cherchaient à s'incarner. Et puis il y avait New York qui pour des raisons qui me restaient obscures m'avait été longtemps interdit, je ne voulais pas en approcher le mythe. Une fin d'été il y a quelques années, j'étais sur le tarmac du petit aéroport de Rabat prête à monter dans l'avion aux lumières du couchant, une petite voix en moi s'est mise à déclarer, il faut absolument que tu ailles à New York, le plus rapidement possible, c'est important.

Je revenais d'une semaine de travail passée avec une sociologue marocaine, Fatema M, à discuter des enjeux de son ouvrage en cours, elle menait depuis une décennie des entretiens avec des femmes qui avaient fui leurs villages traditionnels pour la périphérie des métropoles, et tout ce précieux savoir sur un monde en mutation il fallait en organiser la structure. Nous avions passé des soirées à échanger nos points de vue, à comparer nos modes de perception, face à l'océan qui tonnait parfois plus fort que nous, et je n'avais aucun besoin de nouveau voyage, de dépaysement ou de vacances. À observer par le hublot le moutonnement des nuages, les rayons du soleil qui s'y faufilaient et s'y fondaient, j'ai su qu'il ne s'agissait pas de ça.

Dès le lendemain je réservais mon vol pour la semaine suivante puis celui de ma fille qui ne reprenant la fac qu'à la mi-septembre voulait m'accompagner. Et cette familiarité qu'avait nommée Charlotte, ce plaisir de marcher dans les rues de New York, à s'asseoir dans des cafés aux banquettes en moleskine rouge d'un temps ancien, je l'avais partagé et j'y avais une après-midi grise et ventée découvert le pourquoi de mon voyage. C'était devant une vitrine poussiéreuse dont on aurait cru le magasin fermé tant les objets hétéroclites et délabrés qui s'y trouvaient n'avaient aucune valeur marchande. Je regardais fascinée une poupée en porcelaine aux lèvres rouges bien dessinées et aux nattes brunes, cette poupée je la reconnaissais, c'était la mienne, elle babillait des mots qui m'étaient destinés, et était remonté en moi un flot de souvenirs qui avaient trait à une extase muette de ma petite enfance. Ma rencontre avec une fillette qui portait une robe orange avec des volants de dentelle blanche. Je la regardais transie d'admiration, un éblouissement qui m'habitait tout entière. Je vivais la couleur orange de la robe de la fillette, j'en éprouvais un plaisir sans nom, le plaisir est devenu vibration, une vibration de lumière qui s'est disposée en moi, s'est déposée comme un tapis de mousse dans la forêt, j'ai posé les pieds dessus et la plante de mes pieds a senti la couleur, je savais que l'orange de la robe n'était pas séparable de la petite fille, il y avait équivalence entre l'orange et la fillette, j'en ressentais une grande joie, j'étais au cœur de la beauté, la robe orange et la fillette ne font qu'un et moi qui les contemple je ne fais qu'un avec elles, c'est une fusion douce et fulgurante, une éternité de bonheur dont l'effraction me surprend extrêmement, dis bonjour à Alice, ne reste pas là plantée comme une idiote, dit ma mère en m'arrachant à ma contemplation.

Ce monde d'avant la parole, qui ressuscitait. Depuis la légende s'en était emparée et il ne se passait pas une semaine sans que Jean, Olga ou Ian ne s'exclament pour me clore le bec, tu ne vas pas nous rejouer, j'ai rencontré mon enfance à New York. En fermant la grille de l'impasse je me suis souvenue du coup de téléphone que je devais donner, Ian devait m'attendre, je n'avais guère envie de l'entendre me dire, voix douce et embarrassée, à qui son père les avait présentés.

Je terminais la relecture du premier roman qu'on publierait à la rentrée quand Irène a déposé sur mon bureau une chemise rouge, le topo sur Anslo que tu m'as demandé. J'ai ouvert le dossier avec une certaine déception, Irène ne s'était pas foulée, elle répondait sommairement en deux feuillets à ma question, oui Rembrandt et Anslo se fréquentaient dans une ville où les religions coexistaient sans se haïr. Cornelis Claesz Anslo (1592 – 1646) était le quatrième fils d'un horloger norvégien venu d'Oslo, d'où le patronyme Anslo, avec ses frères il appartenait à la guilde des drapiers d'Amsterdam et avait très tôt développé un esprit religieux où la lecture de la Bible primait, qui prônait le pacifisme, le baptême pour adultes, selon les prescriptions de l'anabaptiste Menno Simons (1496 – 1561). Anslo était un prédicateur convaincu et reconnu, ne disait-on pas « celui qui veut voir Anslo doit l'entendre », il prêchait la liberté de conscience, vitupérait contre l'esclavage, la guerre et le service militaire, louait les avantages des assurances, des intérêts et de l'emprunt, seuls à même de maintenir la stabilité économique et sociale. Il aimait en discuter avec ses amis Rembrandt et Menasseh ben Israël, d'autant que ce dernier avait été exclu du rabbinat. Les rapprochait aussi l'aide que Menasseh lui avait apportée en prenant son fils comme apprenti. Anslo junior ne s'intéressait pas à la soie et aux textiles mais rêvait de s'intégrer à l'industrie du livre qui depuis le début du siècle prospérait. Menasseh était aussi imprimeur et connaissait tout le monde des marchands de papier, des graveurs, fondeurs de caractères, typographes, correcteurs et relieurs, il imprimait dans toutes les langues et avait amené le jeune Anslo à la foire du livre de Francfort, qui y avait découvert la forte demande en provenance de la Pologne.

À ce stade de l'exposé, Irène avait placé entre parenthèses deux annotations personnelles, l'une pour reconnaître qu'elle était peut-être hors sujet mais qu'elle savait que ça m'intéresserait, l'autre pour enfoncer le clou en élargissant au contexte de l'année 1648 si importante historiquement. En effet à cette date deux cent mille juifs avaient été exterminés par les Cosaques et trois mille vendus comme esclaves, les courants millénaristes pullulaient et le Messie autoproclamé Sabbataï Tsevi commençait à faire parler de lui. Bref le jeune Anslo outre son intérêt pour les livres pressentait l'énorme marché de la communication, de l'information et de la manipulation. Le topo d'Irène s'arrêtait là et je reconnaissais son art pour noyer le poisson, n'ayant guère trouvé d'éléments sur la famille Anslo elle brodait sur un fils et surtout sur un des plus grands penseurs juifs d'Amsterdam sur lequel les sources abondaient. J'avais moi-même dans ma jeunesse été fascinée par Sabbataï Tsevi et la lecture des ouvrages de Gershom Sholem mais ce qui me revenait c'était la stagiaire que j'avais eue tout un été, passionnée par cette époque, elle s'appelait Clara Bloom et bien qu'historienne voulait faire un stage dans l'édition. Une fille remarquable dont je découvrais chaque jour les ressources, la culture, la joie d'apprendre et de partager ce qui lui faisait battre le cœur. Nous déjeunions souvent ensemble dans un thaï un peu éloigné des bureaux pour ne pas être interrompues dans notre discussion par une personne de connaissance. Elle avait fait ses études à Londres et à Berlin, parlait plusieurs langues, se déplaçait à vélo ou en patins et portait des robes et des tuniques si criardes qu'on la reconnaissait de loin. C'était un tel plaisir de travailler avec elle que le soir quand je rentrais à Rambouillet je ne pouvais m'empêcher d'en parler, au point qu'Olga m'avait assené, tu nous gaves avec ta Clara, ou tu l'amènes et on juge sur pièces ou tu te la gardes au musée, à moins qu'elle sache boxer. Je l'avais prise au mot et Clara avait charmé toute la famille, voire stupéfié quand à la demande d'Olga elle avait fait une démonstration de kung-fu assez acrobatique. Quand elle était partie fin septembre pour enseigner comme assistante à la fac de Nantes, nous nous étions promis de rester en contact puis les échanges de mails s'étaient raréfiés. Je m'apercevais que je n'avais plus de ses nouvelles et j'en étais soudain si affectée que je décidais d'y remédier au plus vite, elle parlait souvent à l'époque de sa colocataire qui suivait le cours Florent et dont le nom me revint quand je m'y attendais le moins, au petit supermarché où je m'approvisionnais.

Quand on a été élevé dans le pouvoir des mots on peut n'avoir qu'une envie, celle de les fuir, m'avait dit Charlotte lors de notre seconde rencontre rue Keller, je parle bien sûr pour moi, Cordelia, elle, n'a pas eu le temps de faire le choix même si elle était étudiante en linguistique. Une mère qui vivait de poésie même si elle avait abandonné tout désir d'écrire depuis la mort de son amie Bachmann, qui subissait toujours son emprise et voulait nous la faire partager, qui devenait de plus en plus mélancolique au point de s'enfermer des jours entiers dans sa chambre sans sortir, un père qui enseignait le droit, peaufinait ses traités, les annotait de mille notes et références aussi longues que le corps de ses ouvrages, ça ne favorisait pas l'envie de les prendre pour exemples, surtout après la mort de ma sœur. Toi tu te satisfais des mots, tu vis à travers eux, tu vis la vie des autres en permanence, ça me paraît étrange de s'abîmer autant dans la lecture. Tu vas me dire, je le sais bien, que toute pratique quelle qu'elle soit n'a d'intérêt que si on s'y engage à fond, tu me l'as dit pour le yoga, mais pour moi c'est impossible de m'immerger en permanence dans le travail, il y a un moment où il faut que ça explose et si je ne le voulais pas la vie se charge de me le rappeler, sais-tu combien j'ai subi d'accidents ? À chaque fois je les ai pris pour les signes qu'ils étaient, il fallait me renouveler.

Ma première année à New York avait été une révélation, je m'étais remise aux portraits, je travaillais à base de fragments photographiques et de couleurs réduites au jaune, au vermillon et au blanc, j'avais pour ambition de suivre les maîtres flamands et d'imiter Rembrandt dans l'expression des sentiments, je voulais comme lui peindre la tristesse. Non la douleur mais la tristesse qui est à l'intérieur du regard, au-delà des yeux. J'ai peint des dizaines de toiles tristes, qu'on m'achetait parfois grâce à Peter, il me déconseillait de m'enfermer dans cette voie mais je ne l'écoutais pas et j'aurais sans doute continué si je n'avais été prise de crampes si douloureuses qu'il fallut m'hospitaliser. Et puis je suis tombée dans un coma où je percevais cependant l'agitation autour de moi, les termes « hémorragie interne » et « plus de pression artérielle, elle va mourir». Je me revois dans le bloc opératoire, trois infirmières penchées sur moi s'exprimant comme les Parques, c'est triste de mourir à vingt-cinq ans, ai-je entendu avant de sombrer. Quand je me suis réveillée tout était là des sombres prédictions, l'affliction de l'équipe médicale devant la mort précoce, la nuit passée à lutter contre elle, étais-je vivante ou morte, je ne savais comment m'en assurer. Les yeux toujours fermés, j'ai tenté d'évaluer mes connaissances, ce que je pouvais connaître de l'état de vivant, si je pensais cela signifiait-il que je vivais, j'ai eu alors recours à mon savoir livresque sur les textes sacrés, le Bardo Thödol, le Livre des morts égyptien, l'entre-deux où l'âme suit la pesée de ses actions, où le souffle s'échappe léger du véhicule qui l'encageait, je ne peux te dire combien a duré l'afflux des questions, la seule chose qui me préoccupait vraiment c'était de faire face, d'être en capacité d'affronter l'improbable, quel que soit ce que je découvrirais. J'ai ouvert les yeux et j'ai vu Alex qui me regardait, qui m'a souri et en bon docteur de la loi m'a posément dit les mots qu'il fallait, douze heures que je dormais après une opération de quatre heures, sauvée de justesse.

L'état de survivant a quelque chose de frais et de honteux, on observe l'existence comme un état qui ne nous revient pas en droit, expliquais-je à Alex qui s'attristait d'une convalescence qui durait. J'ai basculé dans une dépression post mortem, je m'en voulais de n'avoir su rejoindre Cordelia, d'être si bêtement confinée dans mon corps d'avant, je contemplais la cicatrice qui du pubis au nombril le tatouait comme une immense lettre écarlate, ce n'était pas l'amour qu'elle figurait, son absence, sa présence ou son énigme, c'était la fin de mon éternité, j'avais failli. L'idée que de cette expérience radicale je puisse nourrir mon travail m'a pris tant d'années, comme un ruisseau souterrain, a-t-elle ajouté, ou une aura invisible, puis elle a posé ses doigts sur ses lèvres, le sujet était clos, je n'y pénétrerais par aucune question et je n'en avais aucune à poser.

Deux jours plus tard, alors que j'étudiais deux rapports de lecture diamétralement opposés, l'un vantant la finesse de l'intrigue et l'exigence de l'écriture et l'autre dénonçant le maniérisme d'un récit sans colonne vertébrale, j'avais reçu un coup de fil du chef correcteur me demandant un conseil en urgence. J'avais trouvé Jean-Pierre devant un tas d'épreuves qu'il confrontait d'un air embarrassé. Désolé de te déranger mais il s'agit d'une biographie de Martin Buber, l'éditeur et l'auteur sont en congé, on est super en retard et il y a des notes qui divergent, je me suis dit que tu pourrais m'aider à résoudre le problème. Je lui avais donné mon point de vue en insistant sur l'incertitude de connaissances qui remontaient au temps de mes études quand il avait souri, tu te souviens de Clara Bloom, elle nous aurait sortis d'affaire en moins de deux. Comme je le regardais étonnée il avait ajouté, j'aimais bien cette fille, en plus elle était amie avec une de mes belles-sœurs. Tu aurais ses coordonnées, avais-je murmuré, il se trouve que j'ai pensé à elle récemment. Pas de problème, je te les envoie dès que je les ai, avait-il répliqué en se replongeant dans un bon à tirer.

Quand je suis arrivée place Monge mon cœur battait. Je n'étais pas revenue dans le quartier depuis la mort de mes parents, j'y avais passé toute mon enfance, mon adolescence puis une jeunesse assez perturbée. Clara habitait à deux pas et quand elle m'avait invitée à lui rendre visite, sa jambe dans le plâtre ne lui permettant pas de se déplacer, j'avais hésité puis décidé, tant d'années étaient passées, que je pouvais désormais affronter d'y remettre les pieds. Clara m'attendait sur le palier de son troisième étage sans ascenseur, munie de cannes vert perroquet. Incroyable que tu m'appelles alors que je pensais à toi, je viens juste de rentrer de Berkeley et de me réinstaller à Paris, et montrant son plâtre, une chute dans l'escalier dont tu ne dois pas me demander la cause. Elle logeait chez des amis partis en année sabbatique et sur un pied me fit visiter un appartement bourré de meubles et d'objets Art nouveau avant de me faire asseoir dans un canapé où deux chats angoras sont venus me rejoindre. Eh oui, je dois m'occuper des bêtes, c'est eux les proprios, je ne suis que l'employée. Devant un thé qui fut suivi par des verres de vodka que Clara buvait comme s'il s'était agi de jus de fruits elle a évoqué son parcours, Nantes où elle effectuait un remplacement, Berkeley où elle avait obtenu un statut de chercheur après publication de sa thèse, ses amours avec un musicien qui ne comprenait pas pourquoi elle s'entêtait à perdre son temps en bibliothèque, sa découverte du surf sur la côte Ouest, son engagement féministe, son addiction aux séries télé qui avait pris fin quand elle avait rencontré un des scénaristes les plus cotés, comment elle avait été repérée alors qu'elle donnait une conférence par un pro du casting qui lui avait justement proposé de jouer dans une série alors qu'elle en était dégoûtée, elle parlait, parlait avec cet enjouement contagieux, cet air de se moquer de soi qui en faisait une conteuse au charme incomparable.

Je n'ai réussi qu'à une heure tardive et alors que le sommeil m'envahissait à lui demander si d'après elle, à Amsterdam dans l'entourage de Rembrandt, il y avait eu des départs vers l'Allemagne, je recherchais, lui dis-je, la trace d'un Anslo, fils d'un notable peint par le maître, qui se serait installé à Berlin comme imprimeur. Clara n'a pas paru surprise de cette question impromptue, elle a juste fait une moue, signifiant qu'on ne pouvait aborder le sujet en quelques mots.

Tu sais, les médias ne parlent qu'immigration, fermeture des frontières, guerres civiles, mais ce qu'on a appelé la guerre de Trente Ans et qui a mis à feu et à sang toute l'Europe a fait perdre à l'Allemagne quarante pour cent de sa population. Entre les Provinces-Unies en guerre contre l'Espagne, les Habsbourg contre les Tchèques, la Bohême, les Suédois et les Français, ce n'était que pillages, destructions, taxations, horreurs en tout genre, si tu ajoutes à ça la météo glaciaire, les pogroms des Cosaques, le messianisme juif, les interprétations eschatologiques, c'était un vrai gros bordel où les gens fuyaient en tous sens. Ce qui est sûr c'est qu'à la fin du XVIIe Berlin avait un tout autre visage qu'au siècle précédent, entre les juifs expulsés de Vienne, les huguenots de France, que des Hollandais pourvoyeurs de livres s'y installent ne semble pas surprenant.

J'avais préféré rentrer à pied, j'ai toujours aimé enjamber la Seine la nuit, le reflet des lumières sur les eaux, l'île Saint-Louis endormie, toute cette beauté silencieuse, éternelle, gracieuse, un démenti aux égarements humains dont Clara venait de donner un aperçu rapide que sa formation d'historienne et sa jeunesse rendaient implacable et sans espoir. Les siècles renouvelaient les mêmes haines, les mêmes atrocités sans qu'on découvre comment y échapper, les quatre militaires qui s'avançaient vers moi, armes à la main, pour assurer un ordre dont chacun savait qu'il n'était que symbole ne faisaient que le vérifier. En longeant le boulevard Henri-IV me revint cette intuition que j'avais décidé de prendre par je ne sais quel cheminement pour vérité, l'ancêtre de Charlotte Anslo était ce mennonite ami de Rembrandt qui avait enfanté d'un fils établi à Berlin, mais en quoi cette hypothèse si elle était avérée me rapprochait du mystère de ce nom qui m'était mystérieusement apparu et de celle qui le portait, je n'en avais aucune idée.

Les intuitions qui nous viennent sans qu'on puisse en comprendre le pourquoi ouvrent parfois des horizons que la raison taxe de chimériques et qui s'avèrent in fine d'une portée sidérale. Les scientifiques s'y intéressent, les neurosciences en observent le processus, les idées originales ne s'imposent que lorsque sont inhibées nos réponses immédiates, automatiques, dites de bon sens. L'effet de fixation conduit notre cerveau à privilégier ce qui est facilement accessible à la mémoire, c'est ce que m'avait appris Stéphane que je revoyais une ou deux fois par mois et depuis peu assez souvent. Je le connaissais depuis longtemps mais il pouvait se passer plus d'une année sans qu'on se donne le moindre signe, ma vie à Rambouillet nous avait éloignés, je l'avais rappelé en septembre comme certains de mes amis dont je me disais que désormais j'aurais plaisir à les voir le soir pour un verre ou un dîner. Le fait qu'il soit neurologue à la Pitié m'avait sans doute incitée à le recontacter, je lui avais livré quelques-unes de mes perplexités sur ce qui m'arrivait, comme le nom de plume que je m'étais donné et la rencontre avec Charlotte. Il n'en avait pas été autrement surpris, depuis les années quatre-vingt-dix, m'avait-il dit, on sait que le sens d'une image, d'un mot ou d'un nombre subliminaux peut être représenté inconsciemment dans le cerveau. Non pas à la façon de ces messages publicitaires qui en ont fait une exploitation abusive, tu te souviens peut-être de la pub « Buvez du Coca-Cola » dont le créateur dans les années cinquante avait prétendu l'avoir insérée en message subliminal et déclaré que ça avait augmenté de cinquante pour cent les ventes de Coca, il avait en fait inventé les données et malgré son démenti la légende continue de fonctionner…

J'avais revu Stéphane le lendemain de ma rencontre avec Clara et de ce retour place Monge qui m'avait malgré tout coûté. Je l'avais connu au lycée Lavoisier, il avait été témoin de mon désarroi après la mort de mes parents, nous venions de fêter le bac quand j'avais appris leur accident en rentrant de week-end. Je ressentais le besoin de lui en parler et de l'interroger sur ce qui m'était revenu après que Charlotte m'eut raconté son expérience de presque mort. J'étais très ébranlée par ce qu'elle m'avait rapporté. Comme si sa vie était en miroir de la mienne. J'avais fait à l'adolescence une grave chute de cheval qui avait provoqué un coma et des traumatismes crâniens dont je n'étais pas sortie indemne. Je me revoyais regarder une femme qui disait être ma mère, ce que je niais avec le plus grand dégoût, je revoyais mon effroi et ma peur devant les yeux suppliants de l'inconnue qui voulait se faire passer pour ma mère et qui n'incarnait pour moi que le mensonge et l'imposture. Il m'avait fallu des semaines pour recouvrer mes facultés et la peine se lisait encore sur le visage de ma mère. Jusqu'à sa mort nous avions entre nous ce déni de reconnaissance que je portais comme un stigmate. J'étais désemparée devant le flot de souvenirs que chaque confession de Charlotte entraînait et quand je l'avais avoué à Stéphane il m'avait doucement saisi le bras, peut-être, avait-il dit, est-ce ce que je recherchais, il me connaissait assez pour savoir combien j'avais voulu enfouir les épisodes les plus durs de ma vie, il fallait accepter qu'ils remontent selon un processus certes singulier mais cohérent. Ce qui me surprend davantage, avait-il ajouté, c'est que tu n'avais jamais parlé de cette chute de cheval, on ne se connaissait peut-être pas encore, je suis arrivé à Lavoisier en première. On a longtemps négligé les conséquences des traumas crâniens, quand ils sont graves ils peuvent entraîner un ictus amnésique ou un syndrome de Korsakoff, une amnésie antérétrograde qui précède une amnésie rétrograde. Comme je le regardais dubitative il avait précisé, l'amnésie rétrograde dans un traumatisme crânien concerne les minutes précédant l'accident mais peut s'étendre à plusieurs heures ou plusieurs jours. Je n'avais su quoi répondre, j'avais quatorze ans à l'époque, personne ne s'était préoccupé de ce qui s'était passé avant l'accident, j'avais dû rester allongée quelques mois, réapprendre à marcher et apprendre à vivre avec des vertiges qui ne m'ont plus quittée.

Je me suis réveillée à l'aube avec une forte migraine, empêtrée dans un rêve confus qui prit fin assez vite quand je réalisai que je n'étais pas seule dans mon lit. Stéphane dormait en ronflant doucement, j'ai souri puis me suis blottie contre lui.

La troisième fois que j'avais retrouvé Charlotte rue Keller elle manifestait une anxiété palpable, elle butait sur les mots, comme si elle s'exprimait dans une langue étrangère, prononçait les *r* avec difficulté et en semblait si affectée que je n'ai pu m'empêcher de lui dire combien c'était charmant. C'est cette expo qui approche qui me met dans un sale état, dévoiler mon travail, me dévoiler, tu ne sais pas ce que c'est, toi tu t'acharnes à publier de pauvres hères qui vont devoir subir le jugement des lecteurs mais tu ne sais rien de leur effroi ou de leur espérance, tu ne sais rien de leur peur. Je n'ai pas répondu à son attaque, je voyais bien le mal qu'elle se donnait pour ne pas céder à la panique, son agressivité n'en était qu'une manifestation coutumière à laquelle je m'étais habituée. Je l'ai laissée se reprendre, elle m'a lancé un regard pitoyable, je ne voulais pas te dire ça, les expos m'ont toujours affolée, la première qu'avait organisée Peter je ne suis pas allée au vernissage, il a reçu tout seul des gens que de toute manière il avait invités, le plus drôle c'est justement le fait que l'artiste soit absent qui a suscité de l'intérêt pour l'œuvre, c'est lui qui avait voulu que j'expose ces toiles tristes, mais après mon séjour à l'hôpital je m'en suis désintéressée. J'ai repris la marche et la photo, je prenais des photos de passants au crépuscule puis uniquement de nuit, je les suivais à quelques mètres, j'aurais continué mon manège si une femme que je filais ne s'était retournée en m'insultant, j'ai pris un cliché formidable, bouche ouverte, sourcils froncés, auréole de bouclettes, un vrai masque de gorgone, et je me suis mise à courir pour échapper à sa colère, elle hurlait que je n'avais pas le droit de lui voler son image et que je le paierais un jour. Ça m'a terrorisée et j'ai arrêté de pister les gens, au grand soulagement d'Alex qui a cru bon de m'envoyer chez un psy qui m'écoutait lui dire que je n'avais rien à lui dire sinon que je ne pouvais plus peindre et que ça me désespérait. Et puis lors d'un cocktail où m'avait entraînée Peter j'ai rencontré un éditeur qui a demandé à voir mon travail et m'a ensuite proposé d'illustrer un conte de Noël. J'ai commencé quelques planches par curiosité, ce premier travail a plu, on avait apprécié l'usage que je faisais du noir d'où surgissaient des sortes de farfadets multicolores. On m'a alors orientée vers le fantastique, j'avais des commandes, des deadlines, un univers balisé, parfois je travaillais avec d'autres dessinateurs dans un large atelier recouvert de verrières, j'aimais cette ambiance de fourmis travailleuses, je lisais beaucoup sur le sujet, sur les revenants et tout ce qui concernait les spiritualistes du XIXe, leurs conversations avec les morts. Le monde médiéval pensait que les revenants n'existent que par la force d'imagination des vivants, on les figurait sous le mode de Lazare ressuscité ou de fantôme ou d'âme errante selon une iconographie que j'avais étudiée à Oxford et je me plaisais à en reconstituer les images, à en décliner les variétés à l'encre ou à l'aquarelle. J'ai tenu ainsi plusieurs années dans une sorte d'abattement placide, je m'étais liée d'amitié avec quelques dessinateurs de l'atelier, certains peignaient, d'autres graffaient, on dînait ensemble, Alex était de plus en plus absorbé, de conférences en colloques, conseils d'administration ou examens. Ça n'allait pas très fort entre nous, nous n'avions pas d'enfants et je n'en voulais pas mais il revenait sans cesse sur la question, ce qui m'exaspérait. J'aurais dû sans doute le quitter mais je ne me voyais pas vivre sans lui, il m'aimait, me le répétait et devant son ingénuité à me le prouver je n'arrivais pas à résister. Je te l'ai dit, être aimée m'apparaissait comme une fatalité, je savais aussi que c'était une facilité que je n'avais aucun courage de surmonter. J'évoluais sur une planète étrange, ne parlant jamais de lui à mes amis, ne m'interdisant pas les relations d'une nuit, coupant court quand un homme insistait. Je venais de mettre fin à une histoire embarrassante quand mon père m'a informée qu'il venait de faire interner ma mère. Elle ne mangeait plus, ne sortait plus, c'était la seule manière de la soigner, disait-il. J'ai paniqué et suis rentrée à Paris.

J'ai retrouvé ma mère dans une clinique près de Montmartre qui ressemblait davantage à un couvent qu'à un lieu médical, il y avait là une qualité de silence, de temps paisible, une lumière particulière qui m'ont tout de suite apaisée. Elle se tenait sur un banc devant sa chambre qui donnait sur un jardin intérieur plein de rosiers et m'a accueillie d'un sourire triste et satisfait. Elle était heureuse d'être là et de me voir, a-t-elle dit, il lui avait fallu être internée pour réaliser à quel point je lui avais manqué, elle savait exactement ses torts à mon égard, répétait-elle, elle m'avait délaissée au moment où j'avais besoin d'elle, j'étais ensuite partie et tout s'était embourbé. Elle ne m'a rien laissé lui objecter, la fixité de son regard, ses doigts enserrant mon poignet, la fermeté de sa voix ont réduit à néant ce que je désirais lui opposer. Elle m'a parlé aussitôt de la mélancolie qui l'avait terrassée. Une mélancolie qui au départ ne lui appartenait pas en propre, tous les écrivains autrichiens de l'après-guerre l'avaient connue, et pas seulement les autrichiens, tous ceux qui écrivaient en langue allemande, qui avaient voulu la revivifier et avaient vécu la défiance absolue car c'était une langue contaminée dans laquelle elle ne pouvait plus écrire et elle n'avait que celle-là. Ce n'était pas uniquement la mort d'Ingeborg qui l'avait rendue là, ni la mort de Cordelia qui l'avait soustraite à la vie, non ce n'était pas leur mort, répétait-elle, leur mort n'avait fait qu'amplifier la certitude de son impuissance à voir naître un monde sans forfaitures, où le pardon serait la clef de voûte, où elle pourrait s'exhausser de toute responsabilité. Elle avait cru au pouvoir des mots, de l'amour et de la créativité du cercle de poètes auquel elle appartenait, elle avait aimé passionnément un homme qui avait succombé aux séquelles de son séjour dans les camps, elle en avait épousé un autre qui s'était donné depuis l'enfance une conduite de vie qui consistait à ne jamais se comporter en victime, à braver les embûches et l'injustice, elle lui avait su gré de cette foi inébranlable à se construire un avenir en dépit du passé, elle aurait tant voulu y parvenir mais elle voyait combien ça requérait d'oubli, de mensonges, de zones opaques qu'il s'interdisait de creuser. Sa mère l'avait éduqué dans cette idée de la survie à tout prix, du compromis au jour le jour, d'une liberté qui ne visait qu'à s'en sortir individuellement. Elle m'a toujours détestée, a murmuré ma mère, et ne se privait pas de me rappeler que sans elle son fils n'aurait pas réussi à devenir ce qu'il était, c'était ses relations avec un adjudant puis un colonel anglais qui du temps où ils vivaient terrés dans une cave les avaient sauvés de la faim, elle échangeait oranges, chocolat, cigarettes qu'elle se procurait dans les magasins réservés aux Anglais contre les produits de première nécessité. Jamais elle n'avait baissé les bras et même son remariage avec un industriel au passé nazi elle le revendiquait comme la seule solution pour retrouver le lustre d'antan.

Je ne l'avais jamais connue, m'a dit Charlotte, elle était morte dans les années soixante et mon père ne parlait de ma grand-mère que pour la parer d'une énergie peu commune, d'une combativité à toute épreuve, d'un sens pratique exemplaire. Devant mon étonnement ma mère a esquissé un sourire, évidemment pour ton père c'était la mère courage à qui on rendait visite à Noël et qui nous recevait dans son hôtel particulier entourée d'hommes politiques et de créateurs d'entreprises qui œuvraient disait-elle au dynamisme économique. Elle prenait un malin plaisir à me démontrer combien son pragmatisme contribuait à la renaissance du pays, ce n'était pas ma petite poésie qui aiderait au redressement, s'exclamait-elle avec mépris quand nous étions seules, il est vrai, ajoutait-elle, que je venais d'une province perdue où l'on vivait comme il y a mille ans à se morfondre parce qu'on avait perdu la guerre. Elle, elle était de haute lignée prussienne, elle avait été élevée à tenir son rang et si son mariage avait été arrangé c'était pour servir les intérêts de sa famille dont les revenus périclitaient. Son fiancé avec son doctorat de littérature pouvait difficilement lui promettre un statut social équivalent mais il descendait d'une famille d'imprimeurs à la fortune bien établie depuis des siècles, des Hollandais convertis dont on disait qu'on pouvait voir l'ancêtre peint par Rembrandt au musée.

Charlotte s'est brusquement arrêtée, m'a regardée comme si j'étais le fruit d'un songe et non pas cette oreille attentive et complaisante dont elle m'avait attribué le rôle. C'est curieux que tu ne me l'aies jamais demandé, Anslo peint par Rembrandt, j'attendais que tu me poses la question mais sans doute toi la cultivée n'as-tu pas cette culture-là. Je connaissais bien sûr les portraits et les dessins de Rembrandt, a-t-elle repris sans me permettre de répondre, mais mon père avait toujours nié qu'on en soit les descendants et il tenait la généalogie pour une imposture, un orgueil déplacé en cas d'origine illustre, une victimisation simplette en cas contraire, la règle pour lui était claire, on était ce qu'on faisait et le recours à l'origine ne servait qu'à établir des discriminations. Je l'approuvais et ne m'étais intéressée à cette possibilité de filiation qu'en raison de mon intérêt pour la peinture. Ce que ma mère, assise sur un banc d'hôpital, me confirmait par le biais de souvenirs qui semblaient lui redonner vie ne me surprenait pas outre mesure, par contre que mon père en ait fait le désaveu me chiffonnait.

Il m'arrivait parfois en fin de journée une nostalgie profonde de Rambouillet, le calme de la maison, les soirées au coin du feu dans ces vieux fauteuils en cuir tout éraflés qu'on avait chinés avec Jean au début de notre installation, chez un brocanteur ferrailleur qui ne voyait là que vieilleries à jamais condamnées. Comme un temps au compteur arrêté, dans lequel personne ne peut s'introduire sans y être invité. Je pouvais m'y échouer après trop de palabres mondaines, de pression au travail, de lectures trop rapidement faites sans le temps de les assimiler, je me préparais un thé près de la cheminée et la lueur des flammes, le craquement des bûches, une vieille mouche oubliée anéantissaient toute pensée extérieure. Cet espace clos de retrait, j'en réalisais dorénavant le charme et la rareté, pas de cris de voisins, de pétarades dans la cour, de musiques qui s'envolent des fenêtres ouvertes et rappellent sans cesse à la réalité des autres et à la diversion. Je me réinventais sans le vouloir un passé aux contours harmonieux, un dîner autour de la table de la cuisine du temps des enfants à évoquer les prochaines vacances, les rires à nous souvenir du voilier que Jean avait tenu à louer alors qu'aucun de nous n'avait le pied marin, un matin d'hiver réveillés par Olga tout excitée, la neige était tombée très fort et tapissait le jardin, elle n'irait pas en classe, mais elle avait dû déchanter et nous avions pelleté devant le garage tandis qu'elle édifiait un bonhomme de neige que la voiture finalement écraserait.

Pour la première fois les enfants me manquaient, j'étais pourtant plus sollicitée à Paris qu'à Rambouillet mais je ne trouvais plus le rythme que j'avais pour leur téléphoner à heures régulières, janvier allait finir et nous nous étions à peine parlé, seuls les textos défilaient qui prouvaient qu'ils vivaient. Irène prétendait que les mères étaient toutes pareilles, quand elles n'avaient aucun sujet d'inquiétude elles se créaient celui du délaissement de leur progéniture, il n'y avait pas que les enfants à produire du silence, son amoureux était aux abonnés absents, à part un mail minable auquel elle n'avait pas répondu, c'était incompréhensible. Je n'avais pas eu le temps de rétorquer que message il y avait eu et qu'elle n'y avait pas donné suite, elle était déjà repartie, happée par la dernière polémique de la boîte au sujet d'un auteur dont la majorité d'entre nous récusait les idées mais dont la direction maintenait la publication, au nom de la liberté d'expression.

J'étais rentrée chez moi plus tôt que d'habitude. J'avais invité Stéphane à dîner pour lui annoncer qu'il vaudrait mieux mettre fin à notre début de relation. Je ne voulais pas le blesser, c'était un vieil ami, j'avais de l'affection pour lui mais je n'étais pas prête à m'engager, je savais qu'il m'en tiendrait rigueur, son divorce trois ans avant l'avait anéanti, il n'avait rien vu venir, m'avait-il avoué, et se désolait d'avoir eu un comportement vindicatif, qui n'avait fait qu'empirer la situation, au point que ses enfants avaient pris la défense de leur mère et ne le voyaient plus.

Nous avions établi des rapports de confiance mais je savais combien j'empiétais par mes demandes sur son champ de compétences. J'en éprouvais une gêne croissante, je n'avais jamais autant parlé de moi, même si l'irruption de Charlotte dans ma vie pouvait l'expliquer je me le reprochais, je ne voulais pas reproduire avec Stéphane ce que j'acceptais de Charlotte, qu'il me serve de chambre d'écho. Il vivait dans le monde de la maladie où les cloisons sans être étanches délimitent les rôles, il était formé à multiplier les hypothèses, à dépister les failles et je ne voulais pas d'une relation qui s'inscrirait dans le déséquilibre. J'avais vécu tant d'années à me tenir dans le repli que l'épanchement m'apparaissait sinon néfaste répréhensible. Ce n'était pourtant en rien ce qu'il me renvoyait, il était adepte du dialogue, du collectif, de l'interdisciplinaire. Il m'avait expliqué le génie des fourmis, pourquoi elles pouvaient déplacer des charges gigantesques, ce n'était pas seulement leur formidable mémoire du paysage, leur incroyable coordination mais leur capacité à s'adapter au hasard et à avancer à partir d'informations imprévues. Il m'épatait par son sérieux et sa délicatesse mais la double dépendance dans laquelle je me voyais basculer m'inquiétait. Avais-je besoin de lui comme Charlotte avait besoin de moi, dans une sorte de miroir en spirale où chacun s'observait ?

Mes séances avec Charlotte ne menaient à rien sinon à renforcer ma fascination pour elle. Il me fallait une brèche que je ne savais pas produire, je ne pouvais pas laisser au seul hasard le soin d'introduire mon cheval de Troie. J'avais clos ma mémoire et je me laissais berner par la sienne, je connaissais mon pouvoir d'empathie qui me faisait souvent saisir des émotions ou des désirs que ceux qu'ils affectaient avaient peine à définir. J'en avais fait l'expérience jeune éditrice à mon plus grand effroi. Je travaillais alors avec un romancier connu pour son ardeur pamphlétaire, qui avait le plus grand mal à canaliser le flux débridé de sa narration, je lui proposais des coupes, réécrivais des passages et des enchaînements à seule fin de lui suggérer dans quel sens aller et j'étais surprise de constater qu'il en acceptait non seulement l'orientation mais les mots et les phrases tels que je les avais formulés. Cela n'allait pas cependant sans tracas, nous avions dû en passer par une tierce personne fictive dont je n'étais que la représentante, ainsi pouvait-il se plaindre à moi de l'intransigeance de celle qui l'obligeait sans cesse à reconsidérer son texte. Nous poursuivions donc un travail à trois dont j'étais la médiatrice et l'accusée. Mais il arriva un jour qu'ayant fait lire par l'avocat les épreuves de son nouveau roman, ce dernier me mit en garde contre certains passages violents, sarcastiques, en un mot excessifs dont il me faudrait convaincre l'auteur de les retirer sous peine de procès. Quand R arriva dans mon bureau il entreprit de s'installer face à moi en retirant la pile de dossiers qui l'encombrait pour pouvoir y poser les coudes. Je me mis à lire les passages incriminés, sûre de la justesse des conseils de l'avocat, et je relevais la tête pour voir celle de R, consterné qui me regardait fixement. C'est alors que la brèche a eu lieu, nous travaillions ensemble depuis des années, nous avions rodé nos rôles respectifs, respecté le contrat tacite qui nous liait sans y contrevenir. R tout en me fixant droit s'est levé, les deux mains sur la table, il a alors proféré, mais c'est vous qui avez écrit ces passages, et s'est rassis dans un silence de plomb. Je me souviens de ce silence, de l'effroi hébété dans lequel j'ai plongé, de notre commune stupéfaction. Non seulement j'avais oublié ce que j'avais écrit en me prenant pour lui mais lui-même avouait ce que nous tenions secret, il n'y avait pas de tiers, il n'y avait que lui et moi dans ce jeu de miroir. Certains penseront que cet épisode psychotique n'a rien à voir avec la littérature et l'édition, c'est ignorer que la littérature comme l'édition flirtent constamment avec le borderline et l'acmé de situations improbables. J'ai pourtant retenu de cet étrange jeu de rôles qu'il me fallait apprivoiser et contrôler cette sorte de don que je possédais sous peine de finir en HP.

Pour en revenir à Charlotte je ne souhaitais pas ce genre de catharsis mais une ouverture dans son récit qui incise le mystère dans lequel je baignais depuis le printemps dernier. Étonnamment elle est venue de Stéphane ce soir-là, dont je redoutais tant la réaction à ce que j'avais à lui dire. Il s'en était beaucoup mieux accommodé que je ne le croyais et je l'en ai aimé davantage. Il voyait bien, m'avait-il dit, que ma séparation avec Jean était trop proche pour que je puisse m'engager dans une nouvelle relation, et que notre amitié était trop importante pour s'enliser dans une impasse amoureuse, que nous étions liés depuis l'adolescence, que nous nous étions construits sur les mêmes rêves, les mêmes désirs, les mêmes mythes. Tu te souviens de ces journées que nous passions rue de

Seine dans cette librairie où l'on pouvait compulser tous les ouvrages sur le surréalisme, l'ésotérisme, le bouddhisme, la philosophie allemande pendant des heures sans qu'on nous demande rien, de ces soirées à nous lire des pages entières de *La Naissance de la tragédie* ou du *Voyage au bout de la nuit*, à nous exalter de la révolution lettriste, du style comme arme fatale, des mots qui par leur pouvoir éradicateur feraient s'effondrer les remparts des normes mortifères, tu te souviens combien on y croyait ? J'avais beau faire médecine, j'étais heureux de vous retrouver, vous qui aviez choisi des voies moins orthodoxes, surtout toi à t'appliquer à apprendre des langues oubliées, à jeter des ponts par-dessus les siècles et à mépriser les études utilitaires. Tu disais qu'il ne fallait pas brûler les bibliothèques, il fallait se les réapproprier, les réenchanter. Tu citais souvent ton père qui d'après toi s'était enferré dans une érudition inféconde à la bibliothèque d'Ulm à classer et annoter un savoir sans importance parce que muré dans les lieux clos du champ universitaire. Quand je vous rejoignais le soir, épuisé par une journée de cours, vous commenciez la vôtre, aucun de vous ne se levait avant midi, vous proclamiez que la nuit vous appartenait, que seuls les imbéciles disaient le contraire, tout en concédant que je pouvais faire exception. Je me souviens du soir où j'ai sonné chez toi alors que tu lisais à un public fasciné des pages de ton roman en cours, ils t'écoutaient groupés autour de toi et j'ai senti combien vous étiez tous soudés. Et rappelle-toi quand Guillaume a décidé de prendre d'assaut l'amphi de la Sorbonne où pérorait un vieux prof sur Boileau, il a pris le micro devant le prof affolé, nous nous sommes levés pour l'applaudir et pendant cinq minutes, avant que les vigiles arrivent il a déclamé du Artaud devant les étudiants médusés. Et nos expéditions poétiques, quand on investissait les cafés, munis de nos feuillets ronéotés stipendiant les lieux communs de la pensée et invitant à l'insoumission. J'ai souvent pensé, avait-il repris après un petit silence, à la bande que nous formions, sans arriver à détecter le moment qui nous a détachés, c'était bien avant que tu partes en Inde, j'avais commencé les stages à l'hôpital et la réalité du corps malade m'a sûrement éloigné de votre certitude à pouvoir changer le cours du monde.

Je l'avais écouté sans l'interrompre, bouleversée de ce qui ressurgissait, émue de cet accord ancien. Ce sentiment que seuls ceux qui vous ont accompagné dans votre jeunesse, qui en ont été les témoins, peuvent être les garants de votre histoire et sont à même de vous en consoler. Je l'ai pris dans mes bras, les larmes aux yeux, si reconnaissante de ce qu'il venait de dire, de la manière douce et pénétrée dont il avait parlé, il n'avait rien oublié alors que je m'efforçais de bannir toute emprise des souvenirs lointains. Stéphane s'est soudain écarté, il m'a caressé la joue et comme s'il répondait à mes pensées a murmuré, tu sais, ou nous oublions ou nous nous inventons des fictions de nous-mêmes, nous ne sommes que le produit de nos représentations, mon prof préféré n'arrêtait pas de nous le répéter, nous choisissons parmi les mille et une péripéties de l'existence celles qui construiront notre identité et souvent nous nous en tenons là, rejetant le reste et ne sachant pas que ce reste tisse lui-même un autre récit qui peut éclore à tout moment et nous transfigurer. Le cerveau est alimenté en permanence par des récepteurs sensoriels placés dans nos muscles, nos viscères, il y a une incroyable mémoire du corps que l'on ne fait que commencer à explorer, ça me fascine toujours autant. Tu n'es plus tout à fait la fille que j'ai connue au lycée, muette comme une carpe, repliée sur elle-même, ni l'égérie que tu es devenue après, celle que la bande vénérait, je ne suis plus seulement celui que tu as connu autrefois mais cet autre qui est devenu amoureux de toi.

Il pleuvait si fort en ce premier jour de février avec un vent d'ouest en bourrasques qu'il était impossible de tenir un parapluie, je me suis engouffrée dans le café où m'attendait Charlotte avec la sensation d'avoir échappé à un de ces déluges qui s'abattaient sur les Antilles et dont les médias nous abreuvaient comme un remède au climat dépressif ambiant, ailleurs il y avait pire, ailleurs la guerre et la météo déchaînaient des drames beaucoup plus graves. J'ai atteint la banquette où elle dessinait, les cheveux dégoulinants, l'imper trempé et les chaussures naufragées. Charlotte a ri de mon apparition désastreuse et a esquissé quelques traits sur son carnet tandis que je tentais de me sécher. Silhouette de femme sous la tempête, je pourrais l'intituler, c'est curieux comme certaines s'en font une auréole, magnifiées par la pluie, sauvages et sublimes, et d'autres s'en désolent, se comportant comme de pauvres chatons au poil abîmé, ne me dis pas que je suis odieuse, tu n'y peux rien, la pluie ne t'aime pas, si tu avais les cheveux frisés tu en rirais. Sais-tu qui j'ai rencontré en venant ici, la femme qui au yoga l'été dernier nous avait dénoncées comme éléments perturbateurs, je l'ai reconnue à sa tenue violette, elle m'a à peine saluée. La pluie là-bas était plus douce, j'ai fait toute une série de dessins sous la pluie quand je suis rentrée, des visages perdus, des formes estompées, des chemins dont on perdait la trace, des empreintes de pas, à la manière de ceux que j'avais entrepris après mon passage à Paris pour voir ma mère à la clinique. Il m'avait fallu ce temps intermédiaire de crayonnages que je recyclais pour les livres d'enfants puis j'ai reçu une nouvelle qui a ensoleillé ma vie, on acceptait ma demande de résidence en Virginie, j'aurais la possibilité de peindre dans de grands ateliers, de m'initier à des techniques de pointe, je serais en contact avec la nature et rien d'autre n'importerait. C'est là que j'ai découvert la cire et le travail au couteau, que j'ai commencé à peindre à partir du cadre, à préparer la toile comme un palimpseste, à accumuler des couches de peinture que je balafrais ou érasais. Ce que ma mère m'avait révélé sur l'enfance de mon père me hantait, les caves insalubres sous les ruines où le salpêtre, les champignons, les crevasses formaient des entrelacs humides, des strates de décomposition où se lisaient les épaisseurs d'une histoire humaine abolie. C'était là que je voulais placer mes vivants, les rendre visibles et éternels et à la fois leur conserver leur nature d'ombres. L'ombre pour les Romains, tu le sais sans doute, c'est autant l'âme de celui qui a vécu que l'âme de celui qui vivra un jour. Les limbes. Je voyais l'enfant qui était mon père dans son habitat de cave, je le voyais s'en approprier le mythe, je comprenais comment il en était sorti si aguerri. Il me fallait restituer les matériaux de ce monde souterrain, créer à partir de la craie, du végétal, de la poussière, de la rouille, de la moisissure. Ça a été une année bénie où j'explorais tant de techniques anciennes, où j'apprenais l'art de la photographie dont jusque-là je n'avais fait qu'un usage facile. J'agrégeais des fragments de photos en fondus sur la toile, cela donnait des images spectrales, une matérialisation de fantômes, ceux qui nous ont quittés et qui vivent autrement. Près de la résidence il y avait une grande forêt où j'adorais marcher, j'en revenais avec des sacs pleins de débris, feuilles, bulbes, humus, champignons que je laissais sécher, j'inventais des mixtures qui ne donnaient rien le plus souvent, je jouais à l'alchimiste, à être celle qui rend vivante la matière inerte. C'était un grand délire, je peux te l'avouer, mais sans délire qu'est-ce qu'on est ? Au fil des mois je me suis liée avec une fille qui sculptait le fil de fer, elle détestait qu'on la voie travailler et me reprochait mes balades, la nature pour elle n'existait pas. Un soir où je lui parlais de mon père, sa vie dans les ruines d'une ville dévastée, son intérêt s'est aiguisé, elle voulait que je lui en raconte davantage, elle venait du New Jersey, n'avait connu qu'une enfance de pavillons proprets et de pelouses entretenues et était fascinée par les décombres. Je me suis mise à inventer mille détails d'une histoire dont je n'avais que le sommaire, je la colorais de mes récentes découvertes en matière de putréfaction et peu à peu a surgi du noir et blanc d'une cité détruite le contour d'un paysage aux lumières irisées de cendres rouges, aux arcs de triomphe sanguinolents, aux façades en trompe-l'œil, seuls vestiges d'immeubles effondrés. Plus je les lui décrivais plus elle paraissait enchantée mais j'ai fini par me lasser, les mots ne sont pas mon affaire lui ai-je déclaré, la suite je vais la peindre.

Je vois que tu ne me crois qu'à moitié, m'a-t-elle dit alors en replaçant une mèche de cheveux sous le bandeau qui lui donnait l'air d'une princesse d'un autre temps. En vérité à exploiter une histoire paternelle dont je ne savais pas grand-chose, je tournais autour d'un mystère, l'orphelin élevé par une mère puissante et sans scrupules à laquelle pourtant il ne ressemblait en rien. Ce que m'avait dit ma mère sur ses origines supposées m'est soudain revenu à l'esprit et je l'ai appelé.

Ma mère avait demandé à retourner à la clinique, m'a-t-il dit, et il en était soulagé. Ce qu'elle m'avait confié de notre patronyme était la version officielle qu'aimait propager sa propre mère. J'aimais beaucoup ma mère, a-t-il poursuivi, mais elle a toujours plié la réalité à sa convenance, elle venait certes de l'aristocratie prussienne mais sa famille était tellement ruinée qu'une mésalliance n'importait plus, mon grand-père paternel possédait plusieurs imprimeries et en tant que juif le mariage de son fils avec une Berlinoise de grande famille lui faciliterait l'accès à certains marchés, il y a donc eu une transaction dont la clause principale a été le changement de nom dont il faudrait garder le secret absolu. Je n'en ai eu connaissance que bien après la guerre, lors d'un séminaire à l'université d'East Anglia où enseignaient des Allemands exilés, et ma mère avant sa mort me l'a confirmé. À vrai dire je n'en ai été ni surpris ni peiné, j'avais toujours vu ma mère s'arranger de la réalité, son opportunisme qu'elle prenait pour une distinction sociale m'avait permis de m'en sortir, j'étais reconnaissant et lucide et jamais je n'ai admis les différences liées à la race ou à l'origine sociale. Je m'en suis parfois entretenu avec Celan qui lui-même avait modifié son patronyme, vouloir s'extirper de la glu qui colle au destin juif ça a été tout le XXe siècle le geste salvateur, et qui n'a rien à voir avec la haine de soi. Que notre nom de famille soit Anslo ou Adler ne fait pour moi aucune différence, reste, je te l'accorde, le mensonge et le travestissement honteux.

J'ai éprouvé en raccrochant, a-t-elle dit, un sentiment, comment te dire, de gratitude, d'apaisement, presque d'allégresse. Comme si je me déchargeais d'un fardeau invisible. Je me sentais détachée de mon nom, je n'avais plus à y chercher une voie qui remonterait à Rembrandt, mon père ouvrait d'autres perspectives, la judaïté était un territoire nouveau pour mon imaginaire déjà nourri de références bibliques. Quand Alex est venu me rejoindre le week-end suivant il s'est réjoui de me voir si détendue et expansive, il l'aurait été moins s'il avait su ce que je tramais.

Jean m'avait appelée juste lorsque je rentrais de mon entrevue avec Charlotte, il était inquiet de ne pas avoir de nouvelles de Ian, il lui avait laissé plusieurs messages sans réponses. Je l'avais rassuré, c'était l'époque des partiels à la fac, il bossait dur et avait eu une algarade avec son directeur de thèse qui contestait certaines de ses idées. Je sentais à sa voix qu'il n'était pas tout à fait satisfait, qu'il m'en voulait d'être au courant des problèmes des enfants qui se confiaient à moi, ce n'était pas une nouveauté mais avant je lui rapportais ce qu'ils me disaient et il avait ainsi l'impression de participer à leur vie sans avoir à faire l'effort de leur parler. Il devait dorénavant se débrouiller seul et ça le désarçonnait. Je ne dirais pas que je savourais sa difficulté à établir le contact sans mon intermédiaire mais j'éprouvais une sorte de contentement à lui prouver que je n'étais pas celle qu'il prétendait, à vivre uniquement dans mon univers de livres et dépourvue d'intérêt pour ce qui ne le concernait pas. Lui qui m'assurait avoir des relations directes et chaleureuses avec autrui dépendait plus qu'il ne le croyait de mon rôle de mère et ça l'embarrassait. Nous avons raccroché avec cet embarras entre nous, laissant en suspension les reproches que nous ne voulions pas nommer. Je n'y étais pas disposée, Charlotte m'avait laissée avec la même irritation, elle distillait sans cesse des informations qui n'avaient rien d'aléatoire, jusqu'à son nom dont elle m'avait affirmé qu'il était ce que je m'étais mise à croire pour ensuite en récuser la validité. J'étais autant perplexe sur sa conduite que sur la mienne, est-ce que le nom qu'on nous donne à la naissance induit nos comportements, est-ce plutôt celui qu'on s'invente, je repensais à Celan qui traversait son histoire à elle, qui s'invitait dans mon roman, nappé de ce mystère des mots qui me hantaient, « quand es-tu entré tout entier dans le nom qui est le tien », entre formule magique et mantra il distillait en moi le parfum insidieux d'une vérité perdue. Et il y avait cette vérité d'un autre type qui m'avait percutée sans que je la recherche, deux semaines auparavant quand Charlotte avait marqué un temps d'arrêt pour descendre aux toilettes. J'avais cette attention flottante qu'on a pour les personnes accoudées aux tables d'à côté, immergée encore dans les propos de Charlotte quand mon œil a remarqué intercalée entre les feuilles de son carnet de croquis une lettre dont l'en-tête dépassait, et j'y ai vu un mot qui m'a déroutée, c'était le terme de veuve accolé à son nom.

Stéphane à qui j'avais rapporté la découverte s'étonnait moins du jeu de Charlotte que de ma propension à me laisser duper, mais me laisser duper par quoi, lui avais-je rétorqué, à travers elle je cherche l'énigme d'un nom et avec elle j'ai entamé une amitié, assurément un peu curieuse mais ne me dis pas que tu n'as pas d'amis qui se racontent en large et en travers sans rien te demander sur ta vie personnelle. Et puis dans ton métier comme dans le mien on est confronté à ça en permanence. Précisément tu as bien dit métier, a-t-il voulu rectifier. Ce qui m'a fait sortir de mes gonds, puisque tu te souviens si bien de nos revendications de jeunesse je te signale que je tiens toujours à en respecter certaines, je ne fais pas de différence entre métier et pas métier, la vie est un tout et se nourrit de tout, ce qui en fait le sel c'est les moments de complicité, de connivence, d'intensité qui se nouent en dehors des schémas préfabriqués. Il m'a regardée d'un air amusé, je ne vais pas te donner tort, à condition que tu t'accommodes des ambiguïtés, des non-dits, des circonstances qui te font ignorer certains faits. Je vais te donner un exemple, on sait que Nabokov détestait Conrad, on peut penser qu'entre écrivains il s'agissait de raisons littéraires et on peut s'arrêter là, mais si on apprend que le grand-père de Nabokov avait été chargé par le tsar de réprimer l'insurrection polonaise dont le père de Conrad a été l'un des principaux instigateurs, l'affaire prend une autre tournure. Ce qui se joue entre les êtres ne se déploie pas dans le pur présent qu'on appelait de nos vœux à vingt ans, il y a tant de strates connues ou inconnues qui nous conduisent à aimer, détester, ignorer, admirer, on n'en finit jamais de les inventorier et on ne saura jamais ce qui est vraiment en jeu, la part déterminante de nos affects, et ne fais pas cette tête, je ne suis pas plus que toi capable d'y démêler quoi que ce soit dans ma vie personnelle, sinon je ne serais pas là avec toi.

Je n'avais rien répondu, je ne pouvais qu'adhérer à ce qu'il disait, je ne savais même pas où j'en étais avec lui. Après avoir prétendu que notre vieille amitié ne pourrait survivre à un ersatz de relation amoureuse je le retrouvais plusieurs fois par semaine et les nuits que nous passions ensemble avaient la grâce et la légèreté qui font se réveiller en douceur. Irène en avait manifesté une certaine jalousie, quand je pense que mon latin lover vient juste de se rappeler que j'existe, il avait soi-disant à préparer les conférences de son ministre en Asie, tout un mois à écrire des inepties de bureaucrate, je ne l'ai pas raté, et toi tu ronronnes avec un type à tes pieds et on ne peut même plus se faire des dînettes entre voisines. Je l'avais interrompue avant qu'elle ne se lance dans sa tirade préférée sur la précarité qu'elle soit sentimentale ou financière. Et si on faisait un dîner avec Clara Bloom, c'est une fille qui te plairait, elle te remonterait le moral vite fait.

Avec son plâtre recouvert de dessins, de graffitis, de signatures, où le vert et le rose, ses couleurs fétiches, ressortaient, Clara ne passait pas inaperçue dans le restaurant où nous nous étions donné rendez-vous. Elle prétendait qu'elle le gardait par pure coquetterie, depuis qu'elle le portait elle avait sympathisé avec un tas de gens qui ne lui auraient pas adressé la parole autrement. Ce dont on pouvait douter vu ses tenues multicolores et sa loquacité. Irène était visiblement subjuguée. Je ne savais pas encore que la soirée que je pensais divertissante deviendrait pour moi si éprouvante.

Clara avait d'abord tenu à me livrer les éléments historiques que je lui avais demandés au sujet des Anslo d'Amsterdam qui auraient pu émigrer à Berlin dans la seconde moitié du XVIIe siècle. On retrouvait effectivement leur nom, avait-elle dit, dans les métiers de la librairie et de l'imprimerie, liés à l'Église luthérienne et aux piétistes qui défendaient les communautés juives et refusaient les conversions forcées, Berlin était alors le laboratoire du monde moderne, un quart des habitants était des huguenots français exilés depuis la révocation de l'édit de Nantes, les juifs expulsés de Vienne y avaient été accueillis par Frédéric-Guillaume Ier et tenaient le haut du pavé de la culture, maîtrisant le latin, le grec, l'hébreu et l'arabe, les arabisants jusqu'au XIXe siècle étaient tous juifs, a précisé Clara en se mouchant, mais pour revenir aux enfants de ton prédicateur hollandais, ami de Rembrandt et de Menasseh ben Israël, si l'un de ses fils a pu apprendre le métier avec Menasseh, j'ai découvert qu'un autre avait suivi les cours du grand rabbin avec Baruch Spinoza dont il était très proche, il partageait les mêmes idées sur la négation du caractère divin des Écritures. Quand il y a eu la mise au ban tout à fait exceptionnelle de Spinoza en 1656 par le mahamad d'Amsterdam, Hugo Anslo en a été si bouleversé qu'il a décidé de partir l'année d'après.

Menasseh était mort en revenant d'Angleterre où il voulait convaincre Cromwell de lever le bannissement des juifs, les frères de Hugo qui avaient repris le commerce d'Anslo père le pressaient de faire un choix et son maître en grec, Isaac Vossius, qui avait été le bibliothécaire de Christine de Suède, lui conseillait de faire comme il l'avait lui-même fait son tour d'Europe. De nombreux bateaux partaient d'Amsterdam avec à leur bord des commerçants et des savants juifs qui voulaient aller à la rencontre du Messie, Sabbataï Tsevi. Le déferlement de la vague messianique avait débuté peu avant, Abraham Pereyra, le plus riche des juifs d'Amsterdam et le président de la communauté juive portugaise, avait affrété un navire pour Venise. Hugo s'y est embarqué et n'est jamais revenu à Amsterdam. Voilà où j'en suis de mes recherches mais si tu veux que je poursuive, a dit Clara, c'est une époque si passionnante que je le ferai avec plaisir.

J'allais lui demander de continuer son enquête alors même qu'elle était devenue inutile depuis les dernières confidences de Charlotte, quand Irène m'a interpellée, la moindre des choses quand on demande un service à une amie, n'oublie pas que tu m'as demandé en premier des renseignements sur Anslo, c'est d'en donner une raison valable. Et la tienne était bidon. Si tu m'avais donné la vraie je t'aurais peut-être fourni un mémo plus complet. Tu vois, je n'apprécie pas ton manque de confiance, arrête de me prendre pour une débile, il n'y a pas d'auteur qui travaille sur Anslo.

J'avais baissé la tête, embarrassée tandis que Clara prenait ma défense, on a tout à fait le droit de demander de l'aide sans en révéler le pourquoi, à moins que vous soyez en train de régler un différend que je ne connais pas, a-t-elle ajouté en réalisant que c'était le cas. Je n'aurais pas cru qu'Irène serait si blessée, c'est en compulsant le fichier des lectures qu'elle était tombée sur le nom de Charlotte Anslo et en interrogeant la responsable des manuscrits qu'elle avait appris que j'avais mis son texte en lecture au printemps dernier et malgré des avis favorables je n'avais pas donné suite. Qui c'est cette fille, pourquoi enquêtes-tu sur elle et pourquoi tu ne la publies pas, merde, je croyais qu'on travaillait ensemble, je les retiens tes déclarations comme quoi je suis la seule personne en qui tu as confiance, tout ça c'est pur mensonge. Elle tapotait sur la table, les yeux rivés sur moi, attendant que je m'explique, mais je restais sans voix, Irène avec son acuité avait perçu que je lui dissimulais quelque chose d'important qui équivalait pour elle à une trahison.

J'avais alors déclaré d'un coup, Charlotte Anslo c'est moi, j'en suis désolée, d'une voix si basse que Clara me l'a fait répéter et cette répétition forcée m'a plongée dans un brusque vertige, je me suis affaissée sur la table comme si le poids des mots était trop lourd pour moi.

Lorsque je suis revenue à moi Irène et Clara me regardaient avec inquiétude, me caressant les mains comme on fait avec un enfant effrayé. Irène m'a tendu un verre de vin dont j'ai bu quelques gorgées avant de leur raconter la scène dans mon bureau, le manuscrit que je voulais mettre en lecture, le pseudonyme qui était apparu soudain sans que j'y prête attention au point de le refouler ensuite, le choc quand j'avais réalisé que c'était celui que je m'étais donné. Je bafouillais, répétais combien j'en avais été ébahie, comment je m'étais enfermée dans une sorte de secret impossible à révéler. Et j'ai vu aussitôt Irène se détendre, me supplier des yeux d'oublier sa diatribe, nous resservir à boire et reprendre l'initiative, c'est super que tu écrives, tu ne m'en as jamais parlé mais pourquoi t'inventer un nom t'a à ce point bouleversée, c'est là-dessus qu'il faut que tu travailles, tu connais ma passion pour la psychogénéalogie, je l'utilise toujours pour mes biographies, ça me donne des repères, des angles d'attaque. Et s'adressant à Clara, on peut à partir de l'arbre généalogique d'une personne expliquer certains comportements problématiques ou mystérieux, ils font écho à un secret familial ou à un traumatisme qui s'est perpétué au cours des générations sans être réglé, comme un fantôme qui n'apparaît qu'à certains membres, un thérapeute que j'avais consulté prétend que pour s'en débarrasser il faut accomplir un acte psychomagique qui en débloque la mémoire.

Ça ressemble au chamanisme ce que tu dis là, a commenté Clara, tu remplaces les esprits par les ancêtres et le tour est joué, remarque, je n'ai rien contre, tout ce qui permet d'agrandir nos perceptions et de sortir du ghetto de la raison raisonnante je suis preneuse, mais pour ton pseudo, m'a-t-elle dit, tu crois qu'il faut vraiment remonter à Amsterdam pour savoir d'où il vient ?

Je n'ai pas répondu tout de suite, mal à l'aise et prise au piège de mes omissions, je ne leur avais pas parlé de Charlotte ni du contenu de mon manuscrit, elles en auraient bondi au plafond, se seraient lancées dans des interprétations baroques qui ne pouvaient que me fragiliser, il me fallait déjà acclimater l'effroi de ce que je supposais.

Vous savez bien toutes les deux comment on fonctionne quand on travaille sur un sujet, ai-je dit lentement, à coups d'intuitions qu'on vérifie ensuite, j'ai eu cette intuition à la lecture d'un roman de Padura dont un passage se situait dans l'Amsterdam de Rembrandt et évoquait Anslo.

C'est une bonne piste après tout, a conclu Clara, et où je peux t'être utile, je vais continuer à chercher sur

Berlin et bien sûr sur Venise où Anslo fils et Pereyra ont débarqué en pleine tourmente idéologique. Puis se tournant vers Irène, à propos sais-tu qui est le spécialiste en ce monde de Pereyra ? Mon arrière-grand-oncle, il a beaucoup écrit sur les activités économiques des juifs d'Amsterdam aux XVIIe et XVIIIe siècles, tu en dis quoi, de ce fantôme d'ancêtre qui s'invite dans la partie ?

Je les ai quittées avec le souvenir très net d'une séance où m'avait entraînée Irène dans une grande salle du quartier des Lilas. Elle voulait à tout prix que je voie l'impact réel de la psychogénéalogie. Sur la scène se tenait le thérapeute, improvisant comme dans un stand-up tandis que les participants se tenaient par les mains, il rappelait la fragilité de nos émotions, le prisme de nos désirs et de nos appréhensions qui vacillait sans cesse au moindre événement, l'empire de nos représentations dans un monde fourmillant d'informations, les prophéties autoréalisatrices. Il s'était alors interrompu, moi qui vous parle par exemple, cela fait plus d'un mois que je vis dans l'angoisse et l'attente, j'ai remis mon dernier manuscrit à un éditeur qui ne m'a toujours pas contacté et je ne sais comment le prendre, acceptera ou n'acceptera pas, puis-je interférer, à quel titre et comment, et il avait lâché pour finir le nom de la maison d'édition pour laquelle je travaillais.

Je n'avais guère eu le temps les jours suivants de revenir sur les incidences de la soirée. Le lendemain j'apprenais que le premier roman de la rentrée ne faisait pas l'unanimité, qu'il me fallait revoir mes arguments et insister sur le caractère métaphorique de ce que certains avaient pris pour une violence délibérée, en l'occurrence il s'agissait d'un délire mystique qui inspirait au personnage le désir de castrer de jeunes garçons, je m'attelais à reformuler ma note quand je reçus un appel de l'accueil. On venait de livrer un bouquet de fleurs à mon intention, pouvais-je venir le chercher ? Quand je suis descendue j'ai eu la surprise de me trouver devant une gerbe toute de roses et de lys blancs si impressionnante qu'on l'aurait crue pour une mariée. La carte d'Interflora ne portait qu'une courte missive : « Merci pour le refus, et pour sa pertinence. » Après vérification il s'agissait bien d'un manuscrit que j'avais refusé et dont l'auteur témoignait ainsi de sa reconnaissance. Que des auteurs refusés m'envoient leurs remerciements j'en avais l'habitude et j'étais souvent touchée par la délicatesse qu'ils y mettaient et la grande solitude qu'ils avouaient, je me souviens toujours avec émotion de la lettre d'une romancière qui me disait se trouver à l'hôpital en phase terminale et qui avait retrouvé l'énergie de combattre grâce au mot que je lui avais adressé, j'en avais pleuré.

J'ai installé mon grand bouquet sur le meuble où je rangeais les manuscrits en cours, il recouvrait la moitié de la pièce et me valait à chaque ouverture de ma porte la même question, c'est de qui, à quoi je répondais invariablement, c'est un refus, qui résonnait avec tant d'absurdité que j'en vins à m'interroger sur sa réalité. Seule Irène avait adoré le geste qui allait à l'inverse de toute logique, il n'y a que toi pour recevoir à contre-courant et sans contrepartie, tu mettrais ça dans un roman, on te le virerait. J'avais hoché la tête, lui signifiant que si toute réalité dépassait la fiction, ce que tout le monde savait, censurer et estomper les faits était une pratique courante chez les auteurs. À ce sujet, avait répondu Irène, n'oublie pas mon vif désir de te lire et quels qu'en soient les faits.

J'avais passé la semaine à lire, des heures concentrée sans bouger, perdue dans des univers de fiction plus ou moins maîtrisés et je n'avais guère pensé à ce qui me retenait de donner mon manuscrit à Irène. Ou plutôt me plonger dans la lecture, m'absorber dans mille et un drames me permettait avec un alibi solide de repousser tout ce qui me concernait. J'avais appris à vivre dans cet écart et je le justifiais par la nécessité et l'urgence, la pile des manuscrits qui s'entassaient sur mon bureau dont les auteurs attendaient avec fébrilité mon jugement.

Jean m'en avait tenu rigueur, combien de fois avait-il déploré que je passe mes dimanches à lire, que je sacrifie mes soirées à une activité même pas rentable, puisque le plus souvent elle débouchait sur des refus, lui au moins quand il bossait à la maison c'était pour étendre ses réseaux de clients, mettre en place de nouvelles stratégies ou réfléchir à les améliorer. Quand je l'avais connu, il n'avait pas encore monté sa propre structure mais soutenait que l'organisation du travail dans la majorité des entreprises était obsolète et contre-productive. Qu'elle ne visait ni l'épanouissement ni la créativité ni la rentabilité. Qu'il refusait d'adhérer à un système qui transformait l'individu en salarié courtisan. Que le travail avait à être repensé en termes d'autonomie, de convivialité et de responsabilité. C'est pour cela que je l'avais aimé. Je travaillais alors en free-lance pour différents éditeurs et gérais mon planning à ma convenance, après la naissance des enfants j'avais pu préserver des jours entiers pour être auprès d'eux. Ça n'avait duré qu'un temps selon la pente fatale qui nous amène à désirer davantage d'implication dans ce que l'on fait. Je m'étais souvent questionnée sur le bien-fondé d'accepter un poste en pied, comme on disait. D'être au cœur du dispositif de décision.

Quand j'avais rencontré Jean j'avais déjà tiré un trait sur ma vie d'avant, mes ambitions, leur absolu et leur dérive, et je lui savais gré de m'assurer de la nature du réel. Ce n'était pas seulement d'avoir perdu jeune mes parents et d'avoir envisagé ensuite une autre possibilité d'existence, depuis toujours je nourrissais une interrogation curieuse face à la réalité des choses, j'en cherchais la structure intime, n'avoir parlé que tardivement m'avait maintenue dans un univers parallèle, un territoire sans cadastre où les objets avaient leur vie secrète, ma grand-mère de Lyon était la seule à s'y intéresser, elle aimait dire que nous nous ressemblions et que nous n'avions rien à voir avec nos contemporains, elle évoquait souvent une ascendance douteuse, le regard mélancolique et absent, et je lui attribuais un passé de princesse exilée qui aurait vécu les fastes anciens d'un pays englouti. J'avais passé une enfance solitaire dans un appartement où peu de gens entraient. Mon père vivait le plus clair de son temps dans sa bibliothèque rue d'Ulm et ma mère dans sa pharmacie rue Monge et j'avais le loisir de convoquer tous ces amis imaginaires que les enfants s'inventent et oublient très vite. Contrairement à eux je leur avais conservé leur statut de gardiens du foyer et j'y avais inclus au fil du temps les personnages de mes romans préférés. À trois ans ma fille s'était inventé un lapin blanc dont elle se moquait, qu'elle rappelait à l'ordre ou qui la consolait, et ce lapin je le voyais aussi comme s'il s'était échappé du monde de ma propre enfance. Cette faculté à percevoir l'invisible je l'avais exercée un temps à lire les cartes et le futur, à prendre un pouvoir que je ne voulais pas, j'avais rapidement abandonné ce rôle de pythie devant le regard fiévreux, inquiet, prêt à croire toute prophétie de ceux qui m'interrogeaient. Écrire était pour moi rester connectée à cet espace de l'entre-deux, mi-imaginaire mi-réel, flottant dans les limbes du temps sans que la mémoire cherche à y dénicher l'indice d'événements déterminants, s'y déployait un potentiel inouï de sentiers dont les contours se formaient au fil des pas qu'on y posait. Charlotte, sa conception de la peinture, la ronde de ses tableaux, les mots dont elle usait avaient de telles correspondances avec l'univers intérieur que je m'étais créé qu'il ne s'agissait plus tant pour moi de résoudre l'énigme de son apparition que d'y reconnaître ce qui m'appartenait.

La mélancolie, a dit Charlotte lors de notre dernière rencontre rue Keller, la mélancolie imprègne toute la civilisation occidentale. Après la mort de Saskia un changement intervient dans l'œuvre de Rembrandt, il y a ce mélange de tristesse et de braise intérieure, un déplacement d'intérêt où le sujet qu'il peint a valeur égale avec la matière qui le figure ou les détails qu'il y ajoute, une main vaut un visage, un visage un coin de table ou le feuillet d'un manuscrit, c'est une poursuite vertigineuse pour fuir l'anecdotique et atteindre l'éternité, les détails sont là pour ajouter du temps au tableau sans l'engluer dans l'histoire. Je suis revenue à lui en rentrant de Virginie, je me suis abandonnée à la contemplation de la matière qu'il travaillait, la richesse de sa palette, te souviens-tu des manches de la robe de sa *Fiancée juive* ? Je restais des heures entières à en observer la délicatesse et le drapé, ce n'est qu'ensuite que j'ai pu amorcer la série des ruines, caves, immeubles et palais incendiés que j'avais décrits à la fille du New Jersey, dans ce halo à la fois immobile et vibrant d'une douce apocalypse. Je ne suis quasiment pas sortie de tout l'hiver de mon atelier, parfois j'y dormais, c'est encore Peter qui me l'avait trouvé, dans un immeuble insalubre dont la destruction avait été retardée par la faillite de l'entreprise de démolition. Je n'étais pas la seule à le squatter, encore que le terme soit impropre puisque je versais un loyer au gardien qui en avait les clefs. Il y avait là d'autres artistes qui aimaient autant que moi les lieux voués au néant et nous en maintenions la vie éphémère avec une sorte de joie sauvage, le sentiment d'en être les défenseurs, de les sauver de la destruction par le travail qu'on y faisait. Est-ce parce que je savais qu'au printemps nous en serions chassés, est-ce l'atmosphère de silence et d'ombre que l'immeuble dégageait, est-ce la connivence qui s'était établie entre nous comme si nous faisions partie d'une société secrète dont le but aurait été de le garder en vie, de retenir son âme chacun par son travail obstiné, en tout cas je ne crois pas avoir jamais ressenti autant d'énergie à créer. Il y avait aussi ce calme en moi de par la décision que j'avais prise qui me mettait en phase avec l'endroit et m'en rendait le départ moins difficile et douloureux. Au printemps je partirais, il me fallait aller voir les lieux que je peignais, non pour m'assurer de leur réalité, la seule réalité qui vaille quand on crée c'est celle qui nous habite, tu le sais aussi bien que moi et peut-être plus que moi, sinon pourquoi sacrifierais-tu ton temps à lire autant de manuscrits ? Elle me regardait, rêveuse et concentrée. Si je suis celle que tu écoutes c'est bien parce que tu puises à cette écoute quelque chose qui te rapproche de ton propre mystère, ne me dis pas le contraire, il n'y a rien de proprement gratuit dans nos conduites et je sais depuis que nous nous sommes rencontrées que tu nourris à mon égard un projet qui te bouleverse autant qu'il t'échappe. Si tu écrivais j'irais jusqu'à croire que je suis un de tes personnages et ne crois pas que ça me gênerait.

Il y avait eu un blanc. Un blanc si grand qu'il ne pouvait se résorber. Un blanc que je devais affronter. Il y avait trop de mois que je tergiversais, l'omission est plus pernicieuse que le mensonge, avoir cru que Charlotte ne s'en apercevrait pas n'était pas à porter à mon crédit, me disqualifiait et outrageait sa perspicacité. J'avais fini par lui avouer, confuse, que lecture et écriture étaient pour moi liées, que j'écrivais sans publier et que le sujet de mon dernier roman avait à voir avec sa propre histoire. À ma surprise elle n'avait demandé aucun éclaircissement, n'avait manifesté aucun reproche, elle s'était servi un verre d'eau qu'elle avait bu d'un trait et puis avait repris sur le même mode sa narration. J'avais cependant détecté à sa voix légèrement voilée l'effort que ça lui demandait.

Le soir où nous devions quitter nos ateliers, nous avons fait un grand feu, a poursuivi Charlotte, un grand feu de joie, nous avons empilé des portes, des battants de fenêtres, des cageots, des rampes d'escalier, des étagères, tout ce qu'on pouvait emporter on l'a descendu dans la cour, on avait juste conservé des tréteaux pour y déposer de quoi festoyer, le gardien s'est joint à nous pour ce rituel d'adieu, heureux d'être là avec nous, de participer à ce grand branlebas. Nous avons bu, chanté, dansé en nous tenant par les mains, loué l'esprit des lieux dont on ne savait pas s'il survivrait aux ravages à venir, nous improvisions des prières et des hymnes, l'assurant de nos pensées éternelles, l'un de nous sous le coup de l'émotion et de l'ébriété a voulu jeter une de ses toiles dans le feu en guise de sacrifice mais on a retenu ce geste d'immolation et on s'est tous embrassés.

Le lendemain j'ai quitté l'appartement que je partageais avec Alex. J'avais cette idée d'un grand tour, ce voyage initiatique que faisaient les artistes depuis la

Renaissance, en commençant par l'Italie, puis la Grèce et le Levant, je suis une fille du Nord, hantée par la lumière du Sud, pas celle des dépliants touristiques mais celle de l'origine et de l'ailleurs. Je me suis installée un temps à Naples, je n'avais emporté que des carnets de croquis, j'y relevais les traces d'un monde ancien, attentif à ses morts et à la redevance qu'ils demandaient, les chapelles votives au coin des rues, les Vierges gardiennes des trépassés, les fresques de Pompéi et d'Herculanum, tout cet art du portrait, qui n'en avait pas le nom, qui cultivait la mémoire des proches par les traits des visages impassibles, au regard tourné vers l'intérieur. Un matin alors que je longeais le rivage, j'ai vu un homme qui accueillait la lumière les yeux fermés face à la mer, j'ai eu le désir immédiat de faire comme lui mais mes pas me poussaient à avancer, je l'ai dépassé et c'est alors qu'il m'a interpellée, voulez-vous prendre le soleil avec moi, a-t-il dit sans ouvrir les paupières, je me suis retournée et je l'ai rejoint. Ça a été le début d'une relation d'une douceur insoupçonnée. Il était architecte et m'a fait découvrir des panoramas, des villas, des ruelles, tout un art subtil de la composition où ce qui est soustrait à la vue s'exalte d'un regard fugitif. C'était un homme bon et détaché dont je ne savais rien en dehors des promenades auxquelles il m'invitait, nous nous arrêtions parfois dans des hôtels qui ne portaient pas de nom, aux chambres figées dans un temps incertain, aux meubles fonctionnels et laids et nous riions de ce manque d'attrait qui reposait de la trop grande beauté. Grâce à lui, à ce qu'il me racontait j'ai eu accès à une mémoire sensuelle et érudite de la ville, une imagerie populaire aussi aux motifs colorés, aux croyances vives, qui s'ancraient toutes dans le culte des morts et de leur mystère. Avec lui comme avec toi j'ai pu parler de mes vivants, comment j'essayais de les acclimater sur la toile, de leur laisser la liberté de s'en évader, ne pas les fixer dans des aplats de couleurs mais au contraire gratter, araser, alléger, dégager la matière pour qu'elle ne leur soit pas prison. Je le revois toujours, il suffit d'un message de sa part ou de la mienne et on se retrouve n'importe où, comme à la gare de Genève où tu l'as aperçu l'été dernier.

La forêt de nos mémoires est immense, a dit Charlotte en me prenant les poignets, la mienne je te l'inflige de semaine en semaine sans savoir si c'est mon imagination qui la recompose, le désir que je lis dans tes yeux, le besoin de transmettre ce qui autrement m'échapperait, la peur de l'exposition qui approche, sans doute tout ça à la fois. Un jour de novembre je t'ai appelée et tu m'as répondu si sèchement que j'ai raccroché sans te raconter l'émerveillement que je venais de vivre. J'étais au Jardin des Plantes et je contemplais dans le soleil d'automne les feuilles iridescentes de l'arbre aux quarante écus, la profusion d'or à ses pieds et le miroitement de celles qui n'étaient pas tombées, c'était d'une telle beauté que je voulais t'y associer, un tel ravissement que j'ai gardé pour moi, qui m'a emplie de joie et de reconnaissance, sais-tu que le *Ginkgo Biloba*, son nom latin, est un arbre potentiellement éternel, les plus vieux ont plus de mille ans, il n'a ni prédateurs ni parasites, il résiste à la pollution et a survécu à l'explosion d'Hiroshima. C'était un tel bonheur de le contempler que j'ai voulu te le faire partager mais nos temps ne coïncidaient pas, ils coïncident rarement, les temps des humains, et c'est pourquoi on crée, pour que ce que l'on crée soit là à saisir quand on y est disponible.

À Naples, a repris Charlotte, j'ai découvert l'usage du bleu et il m'a poussée très loin, les Grecs et les Romains le méprisaient, en Égypte et au Moyen-Orient c'est une couleur bénéfique qui éloigne le mal, la chrétienté par le vitrail, les enluminures et la Vierge l'a imposé, Rembrandt l'a oublié, Kandinsky et Klein l'ont magnifié, j'ai appris à en aimer la palette, le dur éclat ou au contraire le délayage subtil, propice aux apparitions, mais tu as l'air d'en avoir assez de tout mon déballage, sans doute suis-je en train d'excéder ton temps d'écoute.

Et tandis qu'elle me fixait de ses yeux verts au pouvoir hypnotique j'ai froidement transgressé les règles que nous nous étions données, des règles jamais émises mais respectées, elle parlant, moi écoutant selon le mode du miroir dont elle venait de dire combien il lui était nécessaire, selon un dispositif dont elle gardait les raisons pour elle, et je crois que c'est sa certitude que je m'y plierais à nouveau sans broncher, que je ne réagirais pas, comme je n'avais pas réagi à son silence devant l'aveu qui m'avait coûté, qui a débouclé un nœud en moi. Je me souviens du flux de paroles qui m'a saisie sans que j'en contrôle la sortie, ce n'était ni irruptif ni agité, plutôt un écoulement patient qui rapportait ma vie à Rambouillet, les enfants, la séparation et le déménagement, Stéphane, Irène et même Clara, le quotidien de mon travail, par quoi il était traversé, ma double vie d'écriture, le dernier roman et mon impossibilité à me remettre à écrire, ce creusement en moi que ça impliquait, qui me décentrait, m'affaiblissait et parfois m'anéantissait, sans que personne ne le remarque ni en ressente la souffrance, tant l'inattention aux autres est de facture courante, tant les indices de souffrance sont invisibles quand ils ne relèvent pas de maux répertoriés, tant est indicible la vie intérieure et ses accidents, tant est prohibée toute expression des sentiments qui n'appartiennent pas au répertoire de la vie ordinaire, tant chacun ne reconnaît en l'autre que l'écume de ce qu'il vit, imperméable à la complexité, à la profondeur des désarrois et des joies aussi, tant nous nous comportons tous comme des gougnafiers, insensibles aux séismes de l'âme comme à ses transports, tant nous avançons en êtres primitifs que nous sommes, malgré le don d'empathie qui nous a été donné et dont nous n'usons qu'avec parcimonie et même avarice. C'était un flux continu, sans à-coups, sans agressivité, sans amertume, quelque chose qui se déversait posément, les mots s'accumulaient, surenchérissaient, tressaient le collier de l'incompréhension naturelle, de la fragilité des liens, du glacis qui enrobait les êtres et les rendait inaptes à se comprendre au-delà de la zone de confort, la couche superficielle des émotions que la doxa psychologique avait labellisées. Je ne sais plus combien de temps j'ai parlé, mais quand je me suis soudain arrêtée j'ai vu que Charlotte pleurait.

Les semaines qui ont suivi je les ai vécues dans une sorte de malaise diffus, je n'avais pas revu Charlotte après l'avoir quittée en pleurs, je n'arrivais pas à mesurer l'ampleur de la souffrance que j'avais exprimée, l'effroi qu'elle contenait face à l'impossibilité de communiquer les émotions les plus profondes, j'avais beau éviter d'y repenser je n'arrivais pas à refouler l'inquiétude et la gêne même si s'y mêlait un certain soulagement à m'être délestée d'une partie de ce qui m'obsédait depuis que je la connaissais. J'accomplissais les tâches quotidiennes avec un calme et un détachement apparents, n'attendant que le moment de rentrer chez moi pour m'affaler sur mon lit et dormir comme une sonnée. J'avais appelé Stéphane pour lui dire qu'il me fallait réfléchir à notre relation et qu'il valait mieux pour l'instant qu'on suspende nos rencontres, et il n'en avait pas eu l'air étonné.

Un soir que je tournais en rond j'avais envoyé un texto à Clara Bloom lui demandant où elle en était de ses recherches sur Anslo, et tandis que j'en formais les lettres je songeais que cette histoire n'avait sans doute plus lieu d'être mais qu'elle me raccordait à une démarche qu'il me fallait mener à bout même si elle n'avait plus d'enjeu. Quand Clara a frappé à ma porte deux jours plus tard je débutais une bronchite et mon air pâle et lugubre l'a alertée, tu te soignes au moins ? dans ton état il ne suffit pas de s'arrêter de travailler, je t'ai apporté du gingembre, on va se faire un super grog. Et tandis qu'elle râpait le tubercule et que je cherchais la bouteille de rhum elle m'a déclaré, enjouée, grâce à toi j'ai mis la main sur des documents sensationnels, rien que pour ça je te dois une fière chandelle.

Je reprends d'abord où j'en étais la dernière fois que je t'ai vue, Hugo Anslo et Abraham Pereyra étaient arrivés à Venise juste après l'arrestation de Sabbataï Tsevi en mer de Marmara et la nouvelle de son apostasie. Dans Venise tant de bruits couraient sur le faux Messie, certains prétendaient qu'il était atteint de folie, la maladie étant apparue lorsqu'il avait vingt ans, d'autres qu'il n'avait été que le jouet de Nathan de Gaza qui en avait fait son porte-parole pour prôner le rétablissement de l'harmonie cosmique selon la kabbale de Luria, tous y voyaient un écho à l'expulsion des juifs d'Espagne et à la possible installation en terre d'Israël. Anslo était absolument fasciné par cette agitation autant religieuse qu'intellectuelle, que Sabbataï Tsevi se soit converti à l'islam ne le scandalisait pas, tant de marranes en Espagne avaient dû se convertir au catholicisme pour conserver leur vie tout en gardant leur foi secrète, la conversion de Sabbataï n'était pas pour lui la trahison d'un imposteur mais le masque qu'imposaient les circonstances, et puis comme certains chrétiens qui en défendaient l'idée il y reconnaissait la vision christique de l'humilié, Jésus n'avait-il pas atteint la plénitude de son humanité par la trahison et la condamnation ?

Il me semble que tu vas un peu vite, l'ai-je arrêtée, je me souviens de ce que disait Scholem, Sabbataï d'après lui devait être maniacodépressif, en période d'exaltation il se livrait à certains excès qui ont été interprétés comme des signes prophétiques. Quand il rencontre Nathan il approche la quarantaine tandis que Nathan n'a que vingt ans, leur relation n'est pas tout à fait celle d'un maître et d'un disciple.

Mais qu'est-ce que ça change à l'histoire ? m'a répondu Clara, étonnée de mon intervention.

Je l'étais autant qu'elle, comme si le personnage de ce Messie qui m'avait tant fascinée au cours de mes études m'extirpait du marasme fiévreux dans lequel je baignais.

C'est important, ai-je décrété en me redressant dans mon fauteuil, le qualifier de faux Messie me semble relever d'une interprétation historique plus que douteuse.

C'est le gingembre ou le rhum qui te fait cet effet ? Je sais bien la complexité de cette affaire mais en l'occurrence tu m'as demandé de te parler d'Anslo et j'essayais juste d'exprimer dans quel état il était.

Tu ne peux pas prendre à la légère les conditions de sa révélation, comment Nathan sous le coup d'une illumination proclame Sabbataï comme le Messie qu'on attend.

Clara s'est alors esclaffée, tu déconnes ou quoi, je ne suis pas là pour faire un cours sur la mystique juive, je te disais juste que Hugo Anslo avait débarqué à Venise en pleine controverse et qu'il était particulièrement attentif à cette notion d'apostasie quand on a su que Sabbataï s'était converti à l'islam. Il y voyait un parallèle avec ce qu'avaient vécu les marranes en Espagne et tu verras du reste combien ça a été important pour lui.

Je ne sais ce qui m'a pris alors mais je me revois me lever, attraper Clara aux épaules, la maintenir contre le dossier de sa chaise et lui assener une tirade sur les mystères et la prophétie d'une voix tranchante et irritée qui l'a laissée toute flageolante. Remontait en moi avec une clarté aiguë tout un pan de lectures que je croyais oubliées, tout l'émoi qu'elles avaient suscité alors que je cherchais à déchiffrer l'élan déclencheur, l'instant qui fait basculer une vie et l'ouvre à sa lumière intérieure, j'avais vingt ans et une haute idée des capacités humaines. Quand je me suis aperçue que j'immobilisais Clara de mes deux mains je l'ai lâchée sans un mot, je suis revenue m'asseoir et ce n'est que lorsqu'elle m'a tendu un verre de grog que j'ai pu m'excuser.

Clara me regardait et elle a attendu un moment avant de me demander si elle pouvait continuer son récit.

Le bateau de Pereyra repartant vers Amsterdam, Anslo avait décidé de rester à Venise et de proposer ses services aux Giunti qui possédaient la plus vieille imprimerie de la ville. Ils étaient originaires de Florence et avaient des succursales jusqu'en Espagne. À la suite de l'incendie de leur entreprise et de leurs problèmes de solvabilité les Giunti lui ont conseillé de s'installer à Lyon pour éventuellement remonter leur succursale. Une très mauvaise idée car après la révocation de l'édit de Nantes les libraires imprimeurs de Lyon en majorité protestants fuyaient déjà vers Genève. Hugo Anslo s'est retrouvé à Lyon dans la dèche à devoir travailler dans la contrefaçon d'ouvrages avant de s'associer à une famille de libraires spécialisés dans les auteurs scolaires pour les écoles jésuites et de devoir se convertir et se marier avec la veuve de l'un d'entre eux. C'est alors qu'il s'est mis à écrire ses Mémoires, un joyau humaniste et un déchirant récit, nourri de son amitié avec Spinoza, de l'expérience de Sabbataï Tsevi, de sa propre déchéance fondée sur le mensonge et le mépris. Il a des mots très durs sur le milieu catholique lyonnais, l'hypocrisie, l'ignorance, la rouerie, la prévarication. Il en dénonce les unions qui ne scellent que les patrimoines et les échanges de biens, il évoque la sienne avec dégoût, le commerce sexuel limité aux naissances, le plaisir proscrit et coupable, la conversation concernant les seules additions. Il s'y livre à une autocritique acerbe, fustigeant son incapacité à quitter la demeure familiale, sa veulerie à se soumettre à ses diktats, il décrit même avec une ironie noire ses velléités de fuite à Gênes pour s'embarquer sur un des navires de banquiers protestants d'Anduze pour le Mexique et le commerce de l'indigo et de la cochenille, et son arrestation par des sbires dépêchés par son beau-père qui le ramènent défait et humilié au bercail. Et s'il s'interroge à la Montaigne sur ce qu'est un être humain, oscillant entre des désirs trop grands pour lui et la fatalité de sa médiocrité, il dénie à la culture et à la connaissance le pouvoir de changer sa condition. Pourtant, répète-t-il avec une sorte de bravoure singulière, il est né sous les meilleurs auspices, a connu une enfance choyée, heureuse, ouverte aux savoirs et à la tolérance et il n'a su en tirer qu'un devenir calamiteux. Mais après s'être lancé dans une charge féroce contre la foi, la religion et la lâcheté humaine il n'en conclut pas à la désespérance générale, l'aveu de sa conduite désastreuse peut d'après lui servir de contre-exemple, inciter à moins de passivité morbide et à vivre selon son cœur et contre les coutumes. Et c'est là qu'il ajoute en codicille que l'état d'apostat dans lequel il vit, lui le réformé en milieu catholique, de même que pour les marranes en Espagne ou Sabbataï en islam, est à la fois une souffrance et un paradoxe salvateur dont il n'a su s'enrichir par manque d'aptitude intérieure.

J'ai eu accès à cet étonnant récit par l'intermédiaire d'un chercheur lyonnais qui travaille sur les livres interdits. Figure-toi que ces Mémoires ont été publiés à Lyon en 1913 par un éditeur inconnu et sans doute malintentionné, dans sa préface il précisait que l'auteur était l'ancêtre d'une des familles les plus en vue, proche de l'évêché et du Vatican. Ça a été un vrai scandale chez les cathos, vite recouvert par la guerre mais qui a fait des dégâts chez les descendants. Il y a eu un suicide, un procès et l'opprobre général, s'en est suivi le déclin de l'entreprise familiale qui gérait toujours l'impression des ouvrages religieux, puis sa mise en faillite. L'ouvrage toutefois a été retiré de la vente mais le mal était fait. Tu ne trouves pas ça incroyable comme destin ? Je sais bien que la question que tu m'as posée en premier portait sur des imprimeurs berlinois, que la seconde a abouti à une autre branche des Anslo d'Amsterdam, que la troisième concernait le pseudonyme que tu as pris pour ton roman, en tout cas le tout s'il ne résout pas ton problème m'a donné un formidable sujet d'édition historique et littéraire.

Clara avait pris soin de ne pas aborder l'incident qui m'avait fait l'empoigner et la river à sa chaise et je ne fis aucun commentaire dissonant. J'étais à vrai dire engourdie par la fièvre, et si j'avais écouté Clara avec attention j'étais bien incapable de tirer un quelconque enseignement de son récit, sinon qu'il est très difficile de reconstituer une vie et que Clara n'y serait pas parvenue si elle n'avait eu la chance de tomber sur ces écrits.

Elle s'est aussitôt récriée, qui te parle de chance ? il n'y aucun hasard mais une enquête de l'historienne que je suis qui sait activer ses réseaux et ses correspondants, c'est quoi pour toi un historien, un mec qui baguenaude le nez au vent ? Je l'avais à dessein mise en colère. Tu as assez dit et déploré que n'importe qui pouvait se prétendre écrivain au prétexte qu'il écrit, ne me fais pas le coup de croire que n'importe qui est historien parce qu'il mène sa petite recherche perso, bon chacun sa partie, toi avec Anslo tu aurais fait une fiction où de Venise il s'embarquait pour Jérusalem et fondait une communauté de pensée ouverte aux croyants comme aux non-croyants pour méditer sur le mystère de la foi et de son abandon, a-t-elle ajouté en me regardant dans les yeux avec cette lueur de malice et de provocation qui me signifiait qu'elle ne m'en voulait pas mais qu'au contraire mon emportement lui en avait imposé.

La fièvre s'était intensifiée, je ne pouvais qu'à peine parler et n'avais d'autre ressource que de pianoter sur mon ordinateur pour répondre aux demandes urgentes du monde du travail, avais-je donné la quatrième de Richard B, communiqué sa couverture à Fabienne H, relu les épreuves de Fatema M, envoyé mes rapports de lecture au sujet de deux manuscrits hyper-urgents dont les noms d'auteur avaient été modifiés pour ne pas en influencer la lecture. Je m'étais levée avec difficulté pour tenter de me concentrer sur ces diverses tâches, j'avais la tête qui tournait et ne pouvais contenir un tremblement de tout le corps, quand je me suis vue aussi misérable que stupide, conditionnée à obéir à la demande, traînant le boulet de l'employé modèle qui accède aux désirs de l'entreprise quel que soit son état, cédant au schéma du toujours là par tous les temps alors que personne n'y prend garde à ce courage valeureux, invisible, et même si ça se savait on ne pourrait que s'en moquer, l'héroïsme au travail, valeur refuge des névrosés, tout comme pour les écoliers traités de fayots pour leurs bonnes notes et obligés de pondre des idioties pour enfin être reconnus par leurs pairs, j'étais là en pyjama à débattre de l'imbécillité de ma conduite, de son inutilité, et après avoir hésité quelques instants j'ai repris le chemin de mon lit, tout cela pouvait attendre et j'ai dormi deux jours entiers.

Quand je me suis réveillée j'étais étonnamment fraîche et reposée, c'était un matin clair et froid, presque printanier et j'ai décidé de me rendre à pied à mon bureau. C'est en traversant le pont Henri-IV que j'ai été littéralement assiégée par un souvenir ancien et extrêmement troublant.

J'étais au Père-Lachaise par un matin clair et froid de printemps pour visiter la tombe de mes parents, je rentrais d'un long voyage en Inde, j'avais vingt-cinq ans et aucune perspective, je me tenais face au soleil et au columbarium quand j'ai senti que je perdais mon habit de lumière. Il flottait toujours autour de moi mais effiloché, de larges trous l'envahissaient, des pans entiers se désolidarisaient du buste, en détricotaient la matière et je demeurais interdite, sans bouger pour ne pas amplifier le désastre. Ce manteau de lumière, c'était mon mystère, ma carapace, ma force et ma singularité, j'étais en train de perdre ce qui faisait ce que j'étais, ce qui avait induit ma conduite et ma ligne de fuite, il pouvait me dérober aux regards, il pouvait les forcer aussi, c'était mon signe électif, il me servait de repaire et il me donnait la force de résister aux pressions de la réalité, sans lui il ne me restait qu'à rentrer dans le rang. C'était une perte effroyable que je ne savais raisonner. Je ne serais plus celle qui s'inventait sa vie loin des conduites ordinaires tracées depuis la naissance, désormais je ne serais plus celle qui agissait selon le monde des correspondances et des analogies secrètes, qui s'était forgé une contre-culture où l'expérience de soi était le seul chemin vers la connaissance, l'instant la seule valeur à adorer, l'entre-deux des temps et des cultures le seul lieu fructueux d'accès à la conscience de l'autre et à la beauté. J'étais en train de perdre mon secret. Ce n'était ni une image ni une métaphore, je voyais les déchirures de mon manteau dans la claire lumière printanière, je voyais que tout ce à quoi j'avais cru n'était que chimères, je comprenais que chaque être humain ne vit que de fictions, qu'il se nourrit en général de celles que la société lui offre tout emballées, que j'avais voulu m'en dispenser et qu'il ne restait que des lambeaux de celle que je m'étais créée. Je suis restée happée par la vision, immobile à contempler les fils d'or, la moire et le velours, ils voltigeaient dans les rayons du soleil, traçaient des lignes de couleurs, des efflorescences rouge et or qui s'envolaient dans le ciel bleu et c'était aussi beau que terrifiant.

Le souvenir de cette perte était si puissant qu'il m'a accompagnée les jours suivants, il me laissait orpheline, je revivais le sentiment de dépossession, de vide et de froid sec que l'on ressent pour toute disparition qui affecte l'entier de soi et c'est dans cet état désemparé que j'ai appelé Charlotte Anslo.

Elle m'attendait sur le banc du Jardin des Plantes où je lui avais donné rendez-vous. Face à l'arbre aux quarante écus dont elle avait évoqué la beauté. Là où j'avais tant de fois tenté de déjouer la culpabilité qui m'avait envahie après la mort de mes parents. Selon un cérémonial dont elle ne pouvait avoir connaissance. Je m'arrimais à l'arbre, déployais les bras autour du tronc et restais là prostrée, les yeux fermés, m'imaginant que je les embrassais. De leur vivant je ne leur avais jamais témoigné ce geste de tendresse, au contraire j'en refusais toute approche, dédaignais tout contact, m'enfermais chaque jour davantage dans le défi et l'éloignement.

Elle m'attendait sur ce banc où j'avais enfoui tant de larmes, tant de regrets, tant d'incompréhension, et à sa vue mon désarroi a redoublé que j'ai voulu masquer par l'ironie mais les masques comme mon habit de lumière ne formaient plus barrage.

Nous n'en avions pas fini, ai-je dit en m'asseyant. Tu vois cet arbre dont tu m'as parlé, tu ne pouvais pas savoir combien il a compté pour moi. J'habitais à côté. J'avais seize ans comme toi.

J'ai laissé glisser le silence entre nous, incapable de poursuivre.

Comment comme moi ? a-t-elle murmuré.

Je sentais l'effort qu'elle faisait pour parler.

Comme toi à la mort de Cordelia. J'ai perdu mes parents au même âge. Accident de voiture.

Je l'ai vue blêmir mais elle n'a rien dit.

J'ai pris le pseudonyme de Charlotte Anslo pour mon dernier roman juste avant de te rencontrer à Neuchâtel. Je t'ai en quelque sorte inventée. D'ailleurs il se peut que tu n'existes pas, que tu ne sois qu'un de mes personnages, même un de mes doubles, tant de correspondances et de coïncidences n'existent pas dans la réalité.

Je parlais de façon mécanique, détachée, récapitulais les confluences et les jeux de miroir qui avaient marqué notre relation comme si un autre que moi spéculait et émettait l'hypothèse que l'une de nous deux était pur reflet. Charlotte ne disait toujours rien et j'ai senti que je n'obtiendrais rien d'elle à poursuivre sur ce régime impersonnel. J'ai lentement tourné la tête vers elle et lui ai demandé, mais quand est mort Alex ?

Elle n'a pas eu l'air de saisir la question, puis elle s'est redressée sur le banc et a répliqué sur le ton de la conversation, Alex est mort tout juste avant mon départ de New York, sa voiture a percuté un arbre alors qu'il se rendait dans les Hamptons pour fêter la promotion d'un de ses collègues, je n'avais pas voulu l'accompagner, j'avais tant à faire et puis il savait bien que tout était fini entre nous.

Elle a boutonné le col de son manteau, pour ton emprunt, je le savais, je l'avais lu dans ton carnet un jour que je te cherchais, j'étais montée dans ta chambre et ça m'a terriblement ébranlée. La seule manière de m'en défendre c'était d'en prendre le contrôle, de te fournir un récit qui te captiverait, et de t'amener à t'impliquer dans mon travail de création. J'avais tant besoin d'un regard neuf, bienveillant sans être complaisant pour évaluer comment pouvait être perçu ce que je créais, dans ce rôle tu as été parfaite et je pense que dans celui que j'ai joué je t'ai apporté une aide substantielle. Mais tout a une fin, a-t-elle dit en se levant, du moins dans la réalité, je ne crois pas qu'il soit bon qu'on aille plus loin.

Elle m'a souri de ce sourire si désarmant où se lisait l'affection qu'elle me portait et la tristesse de devoir y renoncer, puis elle s'est détournée et a emprunté l'allée qui conduisait à la Seine.

Il y avait déjà un nombre considérable d'invités quand j'ai franchi la porte de la galerie le soir du vernissage de Charlotte Anslo. La foule ne permettait qu'à peine d'observer l'accrochage, j'entrevoyais des paysages aux portiques démesurés, aux aubes luminescentes, des tours effondrées, des ruines de temples qu'avivait un soleil rouge. Je tentais de m'en approcher en écartant des verres de champagne, en repoussant des dos, en slalomant entre des groupes.

Depuis mon entrevue avec Charlotte je me terrais. J'avais prolongé mon arrêt maladie et ne sortais qu'à la nuit tombée. Mes pas m'entraînaient invariablement sur le parcours que je prenais après l'enterrement de mes parents, je suivais la rue du Chemin-Vert, obliquais vers le Père-Lachaise, redescendais la rue de la Roquette sans m'arrêter, traversais la Bastille et le boulevard Henri-IV, prenais le quai d'Anjou, la rue des Deux-Ponts puis remontais vers Cardinal-

Lemoine et Monge, parfois je stationnais devant l'immeuble que nous avions habité, parfois devant la porte cochère de Clara Bloom, levant les yeux sur ses fenêtres éclairées, hésitant à monter, sachant qu'à elle je pourrais confier l'affaire Charlotte Anslo. Mais je n'en faisais rien, je dansais d'un pied sur l'autre puis reprenais ma randonnée. Certaines nuits je répétais plusieurs fois le trajet avec l'espoir que la répétition me donnerait la clef pour sortir du tunnel où j'étais enfermée. Comment départager dans ce que Charlotte m'avait avoué ce qui la concernait et ce qui me concernait. M'avait-elle manipulée pour m'inciter à l'écouter, bâti sciemment une toile d'araignée qui me rendait d'autant captive que j'y reconnaissais les fils de mon histoire ? Dans le carnet que je tenais et qu'elle prétendait avoir lu je ne notais que des bribes de phrases et de pensées, un puzzle d'impressions dont je doutais qu'on puisse en décoder suffisamment pour mettre en place le stratagème qu'elle insinuait. J'étais dans ce dédale où émergeaient des souvenirs si longtemps ligotés et dont le processus qui les avait éveillés et m'avait tant perturbée n'avait rien d'accidentel mais relevait d'un jeu de dupes. Je ne pouvais y croire et je ne pouvais pas ne pas y croire. Je me sentais glisser dans une fissure invisible, un entre-deux improbable, une impasse de la pensée que les tableaux de Charlotte Anslo, dont on ne pouvait nier l'existence, me permettraient je l'espérais de déjouer.

Après avoir vaincu le dernier obstacle, un trio de jeunes femmes qui trinquaient, indifférentes aux toiles derrière elles, je me suis retrouvée face à un palais d'ocre et de terre aux colonnades blanchâtres qui s'abîmaient dans une mer obscure, et ce temps arrêté d'un affaissement m'a si pleinement subjuguée que j'en ai aussitôt oublié la foule et le bruit et le pourquoi de ma venue. J'ai poursuivi la visite en me faufilant le long du mur, m'extasiant devant une tête d'enfant endormie, paupières closes, cils fournis, bouche aux lèvres si rouges et si pleines qu'on aurait dit un maquillage trop appuyé et c'est alors, dans un écart de la foule, que m'est apparu en pleine lumière le visage pensif d'une très jeune fille aux yeux gris et absents, à la bouche charnue, aux cheveux retenus par une fine chaîne dorée, au long cou blanc que rehaussait le décolleté d'une robe manteau qui partait en lambeaux et sur laquelle reposait une colombe. Je ne sais à vrai dire combien de temps je suis restée plongée dans cette fascination, dans cet au-delà de la perception où tout se fond et s'accomplit, où vous êtes le tableau que vous contemplez, où rien d'autre n'a d'importance que cette sensation, je n'ai aucune idée de ce qui a suivi, je me souviens seulement avoir entendu une porte claquer, une voiture démarrer et une sirène hurler.

Quand j'ai repris mes esprits j'étais sanglée sur un lit d'hôpital, une femme me regardait les yeux inquiets, murmurant que j'avais fait une chute de cheval et que je dormais depuis plusieurs jours, je leur avais fait si peur, répétait-elle, des larmes coulaient sur ses joues et elle me caressait le front de ses doigts glacés. Je n'avais pas la force de la repousser, ce n'était pas une infirmière, elle n'avait pas de tenue blanche mais portait une robe chasuble à triangles violets, et alors que je me demandais qui elle était, un médecin est entré pour m'ausculter. Visiblement satisfait de ce qu'il constatait il s'est adressé à la femme, votre fille est tirée d'affaire lui a-t-il dit et j'ai alors crié que ce n'était pas ma mère et qu'on me laisse en paix. Il m'a fallu longtemps pour reconstituer les jours d'avant, je me suis souvenue que mon père voulait me parler, il m'avait invitée à prendre un verre place de la Contrescarpe, ce qui n'était pas dans ses habitudes mais comme je voulais qu'on m'achète de nouvelles bottes de cheval et que ma mère était partie à Lyon au chevet de ma grand-mère, j'avais acquiescé. Il faisait beau, les paulownias étaient en fleur, mon père m'a brusquement dit combien l'un de ses amis les aimait, c'était un grand poète qui avait été lecteur d'allemand à Ulm, il s'appelait Celan et s'était donné la mort en sautant du pont Mirabeau. Ce souvenir l'a tant assombri qu'il s'est tu, je n'ai pas osé parler des bottes que je voulais et à la place j'ai évoqué un devoir de français pour le lendemain. Nous sommes redescendus sans dire un mot à la maison pour y trouver à notre surprise ma mère, j'ai filé dans ma chambre, peu habituée à la présence de mes parents en pleine journée. Et les cris ont commencé, ma mère hurlait qu'elle avait déjà dû subir les jérémiades de sa mère et qu'elle n'était pas prête à entendre d'autres récriminations, mon père répétait qu'il voulait partir, qu'elle le savait, qu'il fallait en finir, à quoi ma mère rétorquait sans l'écouter qu'elle venait déjà de vivre un calvaire et que ça suffisait pour aujourd'hui, sa mère avait passé son temps à rabâcher son histoire de famille comme une pie, le scandale, la ruine et la trahison, tout ce qu'elle avait voulu fuir en quittant Lyon, tout ce récit funeste sur l'ancêtre hollandais qui leur avait pourri la vie, elle s'est mise à énoncer tout un tas de griefs à quoi je ne comprenais rien, n'ayant aucune idée de ce qu'ils signifiaient, puis elle a lâché d'une voix plus sourde, jamais je ne te laisserai partir, et mon père est sorti en claquant la porte.

J'entendais le clac de la porte d'entrée et le silence qui avait tout envahi, j'avais beau me retourner dans mon lit, rien d'autre n'apparaissait, tout se dissolvait, le clac comme clap de fin, il n'y avait pas de suite, il n'y avait que les frissons qui me parcouraient, la pénombre d'une chambre inconnue, le blanc de ma présence et le souffle haletant de ma respiration. J'ai fermé les yeux, inspiré longuement, expiré lentement, renouvelé l'exercice, m'attachant uniquement à la circulation du souffle, à sa fluidité, au calme qui s'installait, a surgi du néant un visage de jeune fille aux yeux tristes qui me contemplait d'un air désolé, le buste recouvert de voiles déchirés où nichait une colombe, elle murmurait sans bouger les lèvres quelque chose que je n'entendais pas mais je savais qui elle était, je le savais puisque j'étais elle, puisque nous avions ensemble basculé hors de la selle contre les bat-flancs du manège alors que la jument prenait son élan pour sauter.

Des gémissements m'ont réveillée. Quelqu'un pleurait dans un coin de la chambre que la pénombre ne me permettait pas d'identifier. J'espérais que ce n'était pas cette femme qui se faisait passer pour ma mère et qui m'imposait sa présence soir et matin, je n'avais que la possibilité de me retourner contre le mur en attendant qu'elle parte. Comment pouvait-elle se livrer à cette supercherie alors que mes parents s'étaient tués ? Ils devaient le savoir ici qu'on les avait retrouvés dans un amas de tôles carbonisées. Un tonneau en pleine ligne droite et le réservoir d'essence qui prend feu. L'inspecteur m'avait interrogée mais je n'avais rien dit. En quoi le concernait l'enfer qu'on vivait, ma mère qui répétait que si mon père partait elle se supprimerait, mon père qui passait comme une ombre, et moi qui les haïssais de cette soumission qu'ils manifestaient l'un envers l'autre. Quand on m'a annoncé leur mort j'ai été soulagée puis dévastée. Je n'aurais plus à supporter leurs visages fermés, l'odeur rance du ressentiment, le silence de leurs reproches croisés, j'aurais à affronter le vide, l'appartement désert, le désarroi d'être seule à tout jamais.

Les pleurs se sont peu à peu espacés et j'ai senti qu'on s'approchait du lit, Charlotte a baissé la tête pour m'embrasser, elle murmurait très bas, reste avec moi, tu sais si bien m'écouter, tu connais mes vivants, seule la mort nous permet de les connaître, tu les as reconnus, tu les as aimés, tu m'as accompagnée, tu ne peux pas me quitter. J'ai fermé les yeux très fort, la fille à la peau blême, aux cheveux d'un noir bleuté, aux yeux gris et absents, à la tunique dégrafée, comment avait-elle pu en rendre la détresse, comment avait-elle pu rendre sur la toile ma perte de toute attache, mon absolu retranchement alors que j'enterrais mes parents au Père-Lachaise le jour de mes seize ans ?

J'ai à nouveau sombré dans un sommeil peuplé de tant de fantômes qu'il me fallait au fur et à mesure les évacuer, mon père conversait avec Celan devant une bière de la nature du messianisme et de la relation de maître à disciple, Bachmann s'immisçait dans leur conversation, leur expliquant que la rédemption implique un paradoxe qui ne devient cohérent qu'une fois sa réalisation effective, à quoi mon père, ironique et très coupant répliquait que le seul paradoxe était l'amour, et qu'on l'éprouve ou qu'on le subisse, seule la mort le résolvait. Je tentais de m'imposer pour protester, se croyaient-ils seuls au monde, que faisaient-ils de leurs enfants, de la souffrance de leurs descendants, ma mère et sa mère et la mère de sa mère en avaient payé le prix fort avec cet Anslo de malheur, qui faisait acte de contrition dans ses Mémoires à la con, qui confessait ses lâchetés pour s'en débarrasser sans souci de ce qui en adviendrait. J'étais dans un état de fureur extrême, prête à leur trancher la tête à tous ces beaux parleurs mais je n'en ai pas eu le temps, Charlotte me serrait dans ses bras et haletait, tu as bien fait, tous des salauds, il n'y a que toi et moi pour connaître le prix de la création.

À mon réveil la chambre était vide et j'étais soulagée, j'avais besoin de silence pour envisager ma vie d'après. J'avais mon bac, un grand appartement où je pouvais accueillir tous mes amis, aucun compte à rendre à personne, personne ne pouvait entraver ma liberté. J'ai souri à la perspective d'un été qui s'étendait à l'infini.

Quand la femme est revenue s'asseoir auprès de

moi, l'air peureux de celle qui sait n'être pas la bienvenue, je lui ai tapoté la main, ne t'en fais pas, lui ai-je dit, c'est ainsi depuis toujours, les morts ne pensent qu'à eux, ça ne nous empêche pas de mieux les aimer que lorsqu'ils étaient vivants.

Les cerisiers étaient en fleur et je les contemplais allongée dans un transat quand les enfants sont arrivés, Ian le front ridé et Olga le regard embué. Je leur ai souri, les invitant à s'asseoir avec moi sur la terrasse de cette clinique de banlieue que Stéphane m'avait dénichée, le parc était arboré et je passais la plupart de mon temps les yeux fixés sur le feuillage, immobile, recueillie. Les visites avaient été jusque-là interdites et je n'en ressentais de toute façon aucune envie.

J'avais passé des semaines étranges entre hallucinations et remémorations, dans un vertige chaotique d'où je sortais suffocante et altérée. Une sorte de coma, m'a dit Stéphane, imperméable à toute manifestation extérieure. Il s'asseyait et me parlait. De l'inquiétude qu'il avait toujours eue au manque de réaction à la mort de mes parents, de sa perplexité face à la relation de dépendance que je manifestais envers Charlotte, s'il connaissait bien les risques des comportements mimétiques, il y avait quelque chose qui lui échappait dans ce transfert d'identité ou plutôt son assomption. Il m'a plus tard raconté qu'alors qu'il devisait sur la porosité de nos perceptions dans certaines situations affectives, je m'étais redressée et j'avais dit, paupières fermées, ce n'était pas une invention, rien n'est jamais inventé qui n'ait sa trace dans une des innombrables constellations qui nous habitent, j'avais m'a-t-il dit un grand sourire aux lèvres et il a su que je m'en sortirais même s'il m'a fallu assez longtemps pour émerger de mon délire hallucinatoire.

Quand les enfants sont repartis j'ai vu à la cambrure de leur dos qu'ils étaient soulagés, de me quitter et de m'avoir retrouvée apparemment telle que j'avais été.

Je n'ai jamais revu Charlotte Anslo, elle continue de m'envoyer des invitations à ses expositions qui font désormais le tour du monde. Clara Bloom a publié les Mémoires de mon ancêtre, qu'on a comparé à Montaigne, à Rousseau évidemment et à Pierre Bayle qui fut comme lui apostat et relaps, et elle me les a dédicacés. Irène me tanne pour que je la laisse éditer *Dans le silence des ancêtres* mais je ne me sens pas prête. Je dois aller à Amsterdam avec Stéphane puis je rejoindrai les enfants à la montagne pour Noël.

Hier soir j'ai regardé une émission littéraire qui réunissait de jeunes romanciers, ils disaient qu'ils ne pouvaient écrire que sur le monde réel, la guerre, l'exploitation, le profit et la sauvagerie du monde. Et puis l'animateur a annoncé un invité-surprise et Peter Handke est apparu, humble, perplexe et orgueilleux, il ne pouvait ni résumer ni expliquer ce sur quoi il écrivait, c'était les mots, leur surgissement, leur agencement qui l'entraînaient, ce qui s'accomplissait sur la page, qui venait de très loin ou du plus immédiat, il en tenait les rênes comme un aurige sans en connaître le chemin, qui s'inventait à chaque instant, dessinant un paysage dont il était le premier surpris.

Postface

Le 12 octobre 2016, alors que j'étais en pleine écriture de *L'Affaire Charlotte Anslo,* j'ai ouvert l'hebdomadaire *Télérama* et j'ai chancelé : à la page Têtes d'affiche il y avait un portrait de femme avec colombe qui était trait pour trait celui qu'avait peint Charlotte, un de mes deux personnages principaux – ou pour être plus précise, je contemplais le tableau que j'avais inventé et qui se trouvait dans l'atelier de Charlotte à Montreuil, dans cette ronde qui avait tant impressionné la narratrice. La stupéfaction était si intense que j'ai dû me retenir au dossier d'un fauteuil pour ne pas tomber. J'ai ensuite lu que la peintre de ce tableau, célèbre à New York, ignorée à Paris, vivait dans une rue tranquille du XIVe arrondissement de Paris, qu'elle s'appelait Goxwa et que la galerie où elle exposait se trouvait rue Vieille-du-Temple. Comment pouvais-je tomber sur ce que j'avais inventé ? Moi qui avais axé toute ma fiction sur les coïncidences signifiantes que Jung a appelées synchronicités, les voilà qui apparaissaient en majesté.

J'ai laissé passer le jour du vernissage et par une belle matinée, ciel bleu, lumière d'or, je me suis rendue en tremblant à la galerie Felli. Aussitôt la porte franchie, j'ai été happée par l'ensemble des œuvres que je reconnaissais pour les avoir décrites et que je découvrais comme ma narratrice dans leur beauté muette. Suffoquée je cherchais une présence qui m'assurerait de ma réalité, il n'y avait personne d'autre que le galeriste à qui je décidais de tout dire de cette étrangeté, le roman que j'écrivais, la peintre dont je décrivais les tableaux, son histoire entre Londres, New York et Paris, son âge et son physique. Le galeriste a écarquillé les yeux, confirmé que la peintre avait habité successivement les trois capitales, confirmé l'âge et le physique, tout correspondait.

Je me suis assise sur un tabouret blanc, prise de vertiges tandis que le galeriste me montrait des catalogues d'autres œuvres de Goxwa, tous aussi séduisants, tous aussi énigmatiques. Je les contemplais l'esprit vide puis j'achetais très vite le tableau d'une jeune fille au visage blanc, aux yeux sombres et au sourire imperceptible et je sortis dans la lumière de l'automne tel un zombie au milieu des paisibles passants.

J'ai descendu la rue Vieille-du-Temple mécaniquement, enjambé le pont Louis-Philippe, le tableau dans son papier kraft sous le bras et face à la Seine et au soleil vibrant je me suis évanouie.

De retour chez moi je me suis rendue tout droit dans ma chambre, j'ai défait le papier et j'ai suspendu le tableau au mur où un crochet l'attendait, et où il est toujours.

J'ai dû cependant interrompre mon roman, la stupéfaction créée par l'événement surréaliste, non pas du rêve dans la réalité mais de la superposition de la fiction et du réel m'ayant laissée dans une sorte de béance. J'ai peu à peu repris le cours de mon histoire avec une certaine crainte, puis reprenant confiance j'ai oublié l'incident.

Mais le rhizome qui s'était établi entre l'œuvre de Goxwa et la mienne prolongeait ses racines sans que j'en aie conscience et le tableau acheté nourrissait l'imaginaire nocturne et pénétrait l'espace de la fiction. Il devenait la pièce maîtresse qui fait basculer ma narratrice dans la démence puisqu'au cours du vernissage de Charlotte Anslo elle croit s'y reconnaître à seize ans.

J'ai terminé *L'Affaire Charlotte Anslo* en mai 2017. Je l'avais débuté par une interrogation étrange qui reposait sur le nom que je m'étais donné, Charlotte Anslo, pour faire lire le manuscrit *Méfiez-vous des femmes exceptionnelles* (publié en 2015). Pourquoi ce nom était-il ainsi apparu sur la page et m'en étais-je servi de pseudonyme ? Alors que je croyais être à la recherche de cette énigme j'en inventais une autre sous la forme d'une peintre dont l'œuvre et le parcours existaient dans la réalité.

De cet entrecroisement, de cet effacement de la frontière entre réel et fiction était né le roman et je savais que je ne pourrais rencontrer Goxwa qu'à condition qu'il soit publié – ce qui fut confirmé en février 2024 par Anna Pavlowitch.

Un matin de printemps 2024 j'ai rencontré Goxwa dans un café de l'avenue du Maine. Elle ignorait mon existence alors que je vivais avec elle depuis huit ans un rapport d'auteure et d'obligée. Sans doute de cette rencontre attendais-je je ne sais quel miracle ou épiphanie qui ne s'est pas produit. La seule certitude : elle n'était pas Charlotte, elle n'était pas ce personnage. Ses défauts, je les avais créés.

J'ai traversé la place Denfert en pensant à plagier Borges, quelque part vivait certainement une auteure qui écrivait un roman dans lequel une peintre et une romancière s'entretenaient autour d'un café de l'œuvre de la première, qui était apparue dans celle que vous lisez.

DE LA MÊME AUTEURE

LA GUERRE, L'AMÉRIQUE, Buchet-Chastel, Goncourt du premier roman, 2003.

LA CONQUÊTE DE L'EST, Mercure de France, 2005.

LETTRE À UN JEUNE ÉCRIVAIN, Panama, 2005 ; Albin Michel, 2015.

REMEMBER ME, Léo Scheer, 2008.

MÉFIEZ-VOUS DES FEMMES EXCEPTIONNELLES, Albin Michel, 2015.

WANTED, Albin Michel, 2023.

Retrouvez toute l'actualité des éditions Albin Michel
sur notre site albin-michel.fr
et suivez-nous sur les réseaux sociaux.
Instagram : editionsalbinmichel
Facebook : Éditions Albin Michel
X : AlbinMichel
YouTube : Editions Albin Michel

Composition : IGS-CP
Impression : CPI Bussière en décembre 2024
Éditions Albin Michel
22, rue Huyghens, 75014 Paris
www.albin-michel.fr
ISBN : 978-2-226-49557-0
N° d'édition : 26021/01
N° d'impression : 2082143
Dépôt légal : février 2025
Imprimé en France